Art&Classic

키다리 아저씨

키다리 아저씨

Daddy-Long-Legs

진 **웹스터** 지음 ✕ **수빈** 그림 ✕ **성소희** 옮김

알에이치코리아

지은이

진 웹스터
Jean Webster

본명은 앨리스 제인 챈들러 웹스터로, 1876년에 뉴욕에서 태어났다. 배서 칼리지에서 영문학과 경제학을 전공하고, 복지와 형법 개혁에 대한 과목을 이수하면서 사회 문제에 관심을 갖게 되었다. 고아원과 교도소를 견학하고 대학 사회복지관에서 활동하며 문제 개선에 힘썼다. 미국의 대문호 마크 트웨인을 외숙부로 둔 웹스터는 어려서부터 글쓰기에 흥미를 보였다. 대학생 시절에는 지역 신문에 매주 칼럼을 기고했으며, 이때부터 소설을 쓰기 시작해, 1903년에 첫 번째 작품 《패티, 대학에 가다》를 발표했다. 대중이 가장 사랑하는 웹스터의 작품인 《키다리 아저씨》는 주인공 주디처럼 웹스터가 오래된 농가에 머물며 쓴 소설로, 이후 1912년에 출간되어 베스트셀러가 되었고 연극과 영화로도 각색되며 큰 성공을 거두었다.

그린이

수빈

세종대학교에서 서양화를 전공했다. 게임 회사에서 원화 작업을 하다가 손그림 특유의 감성에 매료되어 일러스트레이터로 전향했다. 케익 한 조각과 커피 한 잔, 창밖으로 보이는 풍경과 사람들 같이 일상적이고 사소하지만 따뜻한 순간들을 그려 보는 이들에게 휴식 같은 순간을 선물하고 있다. 온라인 취미 플랫폼에서 드로잉 강의를 진행하며, 조금씩 대중에게 다가가고 있다. 이 책에서는 주인공인 주디가 끔찍하게 여기는 고아원을 나와 넓은 세상을 배우고, 키다리 아저씨에게 보내는 편지가 쌓여가면서 내면이 성숙해지는 모습을 그녀만의 감성으로 사랑스럽게 그렸다.

차 례

우울한 수요일

매달 첫 번째 수요일은 정말이지 끔찍한 날이었다. 조마조마한 마음으로 기다리다가 꿋꿋하게 견뎌내고선, 서둘러 잊어버리게 되는 날이었다. 바닥은 전부 얼룩 한 점 없이 청소하고, 의자는 전부 먼지 한 톨 없이 닦고, 침대는 전부 주름 하나 없이 정돈해야 했다. 조금도 가만히 있지 못하고 꼼지락대는 아흔일곱 명의 어린 고아들은 깨끗하게 씻고, 머리를 빗고, 갓 풀을 먹여 빳빳해진 체크무늬 옷의 단추를 모두 채워서 입어야 했다. 또 아흔일곱 명 모두 예의 바르게 행동해야 하며, 후원 재단의 이사님이 말을 걸면 반드시 "네, 선생님."이나 "아니요, 선생님."으로 대답해야 한다고 거듭 지적받았다.

견디기 어려운 시간이었다. 고아 가운데 가장 나이가 많은 제루샤 애벗은 가엾게도 힘겨운 일을 모두 떠맡아야 했다. 하지만 이 특별한 첫 번째 수요일에도, 여느 수요일처럼 마침내 끝이 찾아왔다. 내내 손님들을 대접할 샌드위치를 만든 제루샤는 식료품 저장실에서 벗어나 일과를 마무리하기 위해 위층으로 올라갔다. 제루샤는 F호를 특별히 맡아서 돌봤다. 이곳에서는 네 살부터 일곱 살까지 어린아이 열한 명이 한 줄로 나란히 늘어선 열한 개의 자그마한 침대에서 잠을 잤다. 제루샤는 F호 아이들을 불러 모아 구겨진 옷을 펴서 옷매무새를 바로잡고 코를 닦아주었다. 그리고 아이들이 빵과 우유, 자두 푸딩으로 30분 동안 행복한 저녁 식사를 즐길 수 있도록 얌전하게 한 줄로 세워 식당으로 보냈다.

제루샤는 창가 자리에 털썩 주저앉아 지끈지끈 쑤셔대는 관자놀이를 차가운 유리창에 갖다 댔다. 새벽 5시부터 한 번도 앉지 못한 채, 안달복달하는 고아원 원장에게 쫓겨서 일하고 모두의 심부름을 도맡아 한 터였다. 원장인 리펫 부인은 고아원을 방문한 후원 재단 이사회와 귀부인들 앞에서는 차분하고 고상하게 품위를 지켰지만, 손님들 뒤에서는 그러지 못했다. 제루샤는 얼어붙은 너른 잔디밭과 고아원 마당의 끝에 서 있는 높다란 철책 너머를 가만히 내다보았다. 시골 별장이 띄엄띄엄 늘어서 있는 굽이치는 산마루와 벌거벗은 나무 사이로 솟아 있는 마을의 첨탑이 보였다.

하루가 저물고 있었다. 제루샤가 보기에 지금까지는 그날 하루가 꽤 성공적인 것 같았다. 후원 재단 이사회와 시찰단 은 고아원을 둘러보고, 보고서를 읽고, 차를 마신 후 이제 따 뜻한 난롯가가 기다리는 즐거운 집으로 서둘러 돌아가고 있 었다. 앞으로 또 한 달 동안은 성가시고 사소한 고아원 일을 잊고 지낼 것이다. 제루샤는 몸을 앞으로 기울이고 호기심에 차서(부러운 마음도 살짝 보태서) 고아원 대문을 빠져나가는 마 차와 자동차 행렬을 바라보았다. 그리고 맨 앞의 마차부터 차례대로 따라가다가 언덕배기에 점점이 박혀 있는 커다란 저택으로 향하는 상상에 빠졌다. 그녀는 모피 코트를 두르고 깃털 장식이 달린 벨벳 모자를 쓴 모습으로 좌석에 기대어 앉아서 운전 기사에게 나직한 목소리로 무심하게 '집으로'라 고 말하는 자기 자신을 떠올려보았다. 그런데 저택의 문 앞 에 이르자, 상상 속 장면이 점차 흐릿해졌다.

제루샤는 상상력이 뛰어났다.(리펫 부인이 조심하지 않으면

ㄱ 상상력 때문에 곤란해질 것이라고 경고할 정도였다.) 하지만 그 대단한 상상력으로도 저택의 현관 너머는 마음속에 그려볼 수가 없었다. 의욕도 넘치고 모험심도 강하지만 가난하고 가여운 소녀 제루샤는 열일곱 살이 되도록 단 한 번도 평범한 가정집에 발을 들여놓은 적이 없었다. 그래서 제루샤는 고아들에게 시달리지 않고 살아가는 다른 사람들의 일상생활을 상상할 수가 없었다.

제-루-샤 애-벗
원-장실에서
너를 찾-고 있어,
서두르는 게
좋을걸!

성가대원으로 활동하는 토미 딜런이 계단을 올라와 복도를 걸으면서 노래를 흥얼거렸다. 토미가 F호에 가까워질수록 노랫소리가 점점 크게 들렸다. 창문에 기대고 있던 제루샤는 돌아서서 현실의 걱정거리를 다시 마주했다.

"누가 날 찾는다고?" 제루샤는 불안한 듯 날카로운 목소리로 토미의 노래를 자르고 끼어들었다.

리펫 원장님이 원장실에서,
화가 난 것 같던데.
아-아-멘!

토미는 꼭 찬송가를 부르듯이 노래했지만, 일부러 제루샤를 곯려주려는 목소리는 아니었다. 고아원에서 가장 심술궂은 아이라고 해도, 잘못을 저지른 바람에 원장실로 불려가서 언짢아하는 원장을 만나야 하는 누이를 불쌍하게 여길 터였다. 또 제루샤가 가끔 토미의 팔을 홱 잡아당기고 코가 떨어져 나갈 듯 얼굴을 박박 씻기곤 했지만, 그래도 토미는 제루샤를 좋아했다.

제루샤는 아무 말도 하지 않았지만, 미간에 주름이 두 줄이나 지도록 찡그린 채 원장실로 향했다. 도대체 무슨 일이 잘못되었는지 궁금했다. 샌드위치가 너무 두꺼웠나? 호두 케이크에 껍데기가 들어 있었나? 귀부인 손님이 수지 호손의 스타킹에 난 구멍을 본 걸까? 제루샤가 돌보는 F호의 천사 같은 아이들 가운데 후원 재단 이사에게 무례하게 말대꾸를

한 아이가 있는 걸까? (오, 안 돼!)

아래층의 긴 복도에는 아직 불이 켜지지 않았다. 제루샤가 계단을 내려왔을 때, 마지막으로 남아 있던 후원 재단 이사가 이제 막 떠나려는지 건물 진입로로 이어지는 열린 문가에 서 있었다. 제루샤는 그 남자를 언뜻 볼 수 있을 뿐이었다. 그리고 그 사람의 키가 너무나 크다는 생각밖에 들지 않았다. 그는 둥그렇게 굽은 건물 진입로에서 대기 중이던 자동차를 향해 손을 흔들었다. 자동차가 시동을 걸고 가까이 다가오자, 눈부신 전조등 불빛 때문에 한순간 그의 그림자가 건물 안쪽 벽에 뚜렷하게 비쳤다. 복도의 바닥과 벽에 드리워진 그림자에는 그저 괴상할 정도로 길쭉한 팔다리만 달린 것 같았다. 그 모양새가 꼭 기다란 다리를 흔들어대는 커다란 장님거미처럼 보였다.

걱정으로 찌푸려졌던 제루샤의 얼굴에서 곧 웃음이 피어났다. 제루샤는 명랑하기를 타고난 아이여서 언제든 별것 아닌 일에도 행복해했다. 후원 재단 이사의 방문이라는 숨 막힐 듯한 일에서도 재미있는 것을 찾을 수 있다면, 그건 생각지도 못한 좋은 일이었다. 제루샤는 이 사소한 사건에 한결 힘을 얻어서 미소를 지으며 원장실로 갔다. 놀랍게도 리펫 부인 역시 미소 짓고 있었다. 정확히 미소라고 말할 수는 없어도, 적어도 기분이 좋아 보였고 손님을 맞을 때만큼이나 친절한 표정이었다.

"앉아라, 제루샤. 네게 할 말이 있다."

제루샤는 가장 가까운 의자에 풀썩 앉아서 숨을 죽이고 원장의 말을 기다렸다. 자동차가 창문을 휙 지나쳤다. 리펫 부인이 자동차를 힐끗 바라보았다.

"방금 막 떠난 신사분을 봤니?"

"뒷모습만 봤어요."

"그분은 재단 이사회에서 손에 꼽히는 부자셔. 그동안 우리 고아원 아이들을 도우려고 큰돈을 후원해 오셨지. 성함은 말해줄 수 없구나. 이름을 밝히지 말라고 특별히 당부하셨어."

제루샤의 눈이 살짝 커졌다. 제루샤는 원장실로 불려와서 후원 재단 이사의 특이한 면에 관해 이야기를 나누는 상황이 어색했다.

"이 신사분은 그간 우리 고아원의 남자애들에게 관심을 쏟으셨어. 너도 찰스 벤턴과 헨리 프리즈를 기억하지? 두 사람 모두 바로 이, 에… 그러니까 재단 이사님이 대학에 보내주셨다. 그리고 둘 다 열심히 공부하고 성공해서 그분이 아낌

없이 지원해준 은혜에 보답하고 있어. 그분은 다른 보답은 전혀 바라지 않으신단다. 그런데 이제까지 오로지 남자애들만 후원하셨지. 우리 시설에는 훌륭한 여자아이도 있으니 누구에게든 조금이라도 신경 써달라고 설득해봤지만, 소용이 없더구나. 이렇게 말해도 될지 모르겠다만, 그분은 여자아이들에게는 관심이 없으신 것 같다."

"그렇군요, 원장님." 제루샤는 이쯤에서 뭐라도 대답해야 할 것 같아서 웅얼거렸다.

"오늘 정기 회의에서 너의 장래에 관한 이야기가 나왔다."

리펫 부인은 잠시 입을 닫고 침묵을 지켰다. 그러더니 신중한 태도로 다시 천천히 말을 이어갔다. 꼭 제루샤가 바짝 긴장하기를 바라는 것 같았다.

"너도 알다시피, 우리 원생은 대체로 열여섯 살이 되면 고아원에서 나가지만 너는 예외였어. 너는 열네 살에 우리 시설에서 운영하는 교육 과정을 모두 마쳤고, 성적도 아주 우수했지. 다만 행실이 늘 훌륭하지는 않았다는 사실을 꼭 지적해야겠구나. 어쨌거나 너는 학업에 뛰어나니 마을의 고등학교에 보내야겠다고 결정을 내렸던 거란다. 그런데 이제 고등학교까지 마친 너를 고아원에서는 당연히 계속 돌봐줄 수가 없구

나. 다른 아이들보다 2년이나 더 이곳에서 지냈으니까."

리펫 부인은 제루샤가 그 2년 동안 고아원에 남아 있는 대가로 아주 고생스럽게 일해야 했으며, 언제나 고아원 일이 우선이어서 학업은 뒷전으로 밀려났었다는 사실은 말하지 않고 넘어갔다. 후원 재단 이사회가 방문하는 매달 첫 번째 수요일 같은 날이면 제루샤는 학교를 빠지고 팔이 떨어져 나가도록 고아원 곳곳을 청소해야 했는데도 말이다.

"방금 말했지만, 회의에서 너의 장래 문제가 안건으로 올라와서 네 기록을 검토했다. 하나도 빼놓지 않고 철저하게 검토했지."

리펫 부인은 제루샤에게 비난하는 듯한 눈길을 던졌다. 꼭 재판장에 나온 죄수를 바라보는 듯했다. 그러자 제루샤는 죄를 지은 듯한 표정을 지었다. 자기 기록에서 눈에 띄게 흠이 될 만한 내용은 전혀 떠올릴 수 없었지만, 어쩐지 그런 표정을 지어야 할 것 같았기 때문이었다.

"물론, 너 같은 처지의 원생에게는 보통 알맞은 일자리를 찾아준단다. 하지만 너는 학교 성적이 꽤 좋았어. 우수한 과목이 몇 개 있었는데, 특히 영어 성적은 정말로 뛰어나더구나. 마침 우리 고아원 시찰단으로 있는 프리처드 양이 학교에서 교육위원회로도 활동하셔. 프리처드 양이 네가 가장 좋아하는 작문 선생님과 이야기를 나눠보셨다. 작문 선생님이 너를 칭찬했다고 말씀하시더구나. 네가 쓴 '우울한 수요일'이라는 글도 받아와서 회의 때 큰소리로 읽기까지 하셨어."

그러자 이번에는 제루샤의 얼굴에서 진심 어린 죄책감이 베어 나왔다.

"여태까지 너에게 그토록 많이 베풀어준 우리 시설에 고마운 마음이라고는 조금도 없고, 그저 고아원을 조롱하는 글로 보이더구나. 그나마 재미있는 글이어서 다행이지, 아니었다면 너를 용서하기 어려웠을 거야. 그런데 네가 운이 참 좋은 모양이다. 음 그러니까 방금 막 떠난 신사분은 유머 감각이 무척 남다르신 것 같더구나. 네가 쓴 건방진 글을 보고 너를 대학에 보내주겠다고 제안하셨다."

"대학이요?" 제루샤의 눈이 휘둥그레 커졌다.

리펫 부인이 고개를 끄덕였다.

"회의가 끝난 후 남아서 너의 진학 조건을 논의하셨단다. 그런데 그 조건이 좀 특이해. 그분은, 글쎄, 말하자면 엉뚱하시거든. 그분은 네가 독창적이라고 생각하신다. 그래서 너를 대학에 보내 작가로 키울 생각이셔."

"작가라고요?" 제루샤는 어안이 벙벙해졌다. 할 말이 떠오르지 않아서 그저 리펫 부인의 말을 되풀이할 수밖에 없었다.

"그래. 네가 작가가 되기를 바라셔. 과연 그분의 바람이 이루어질지는 시간이 흘러봐야 알겠지. 그분이 네게 용돈을 아주 넉넉하게 주실 거다. 내가 보기에 너처럼 돈 관리 경험이 전혀 없는 아이에게는 너무 후한 게 아닌가 싶을 만큼 넉넉한 액수야. 하지만 그분이 계획을 세세하게 다 세워두신 바람에 내가 뭐라고 제안하기가 어렵더구나. 너는 올해 여름만 이곳에서 지내면 될 거다. 프리처드 양이 친절하게도 네가 대학에 가서 입을 옷을 사도록 도와주시겠다고 했어. 학비와 기숙사비는 대학교에 곧장 납부될 게다. 그리고 너는 대학교에 다니는 4년 동안 매달 35달러를 용돈으로 따로 받게 될 거야. 그 정도면 다른 학생과 엇비슷하게 생활할 수 있겠지. 그분의 개인 비서가 한 달에 한 번씩 너에게 용돈을 보낼 거란다. 그러면 너는 그 보답으로 신사분께 편지를 보내야 해. 돈을 보내주셔서 감사하다는 인사를 드리라는 게 아니야. 그분은 그런 인사치레를 받는 걸 싫어하시거든. 그 대신 학교에서 어떻게 공부하고 있는지, 어떻게 생활하고 있는지 쓰도록 해라. 만약 부모님이 살아계셨다면 보냈을 편지라고 생각하면서 말이야.

편지는 존 스미스 씨 앞으로 쓰고, 그분의 비서에게 보내면 알아서 전달할 거야. 물론 그 신사분의 성함이 존 스미스는 아니야. 하지만 이름을 밝히기 꺼리시니 너는 그냥 존 스미스 씨라고 알고 있으면 돼. 그분이 굳이 편지를 쓰라고 요구하시는 것도 다 이유가 있단다. 그분은 문학적 표현력을 기르는 데 편지 쓰기만큼 좋은 방법은 없다고 생각하셔. 그런데 너에게는 편지를 주고받을 다른 가족이 아무도 없으니 직접 편지를 받아보겠다고 하신 거지. 게다가 네가 어떻게 성장하고 있는지도 계속 확인하고 싶어 하시고. 다만 그분이 너에게 답장하는 일은 없을 거야. 네 편지를 잘 받았다고 짧게나마 연락하는 일도 전혀 없을 테고. 그분은 편지 쓰기를 몹시 싫어하시는 데다, 너 때문에 부담을 느끼는 것도 원하지 않으시니까. 만약 그분의 편지를 반드시 받아야 하는 일이 생긴다면, 그분의 비서인 그릭스 씨에게 연락하면 될 게다. 예를 들자면 퇴학을 당한다거나 뭐 그런 경우가 있겠지. 물론 그럴 일은 절대 없을 거라고 믿는다. 매달 편지 쓰기는 네가 꼭 지켜야 하는 의무라는 사실을 기억하렴. 편지는 스미스 씨가 유일하게 바라는 보답이야. 그러니 달마다 꼬박꼬박 빚을 갚는다고 생각하고 신경 써서 편지를 쓰도록 해라. 또 네가 바르게 교육받으며 컸다는 사실이 잘 드러나도록 언제나 공손한 말투로 편지를 쓰렴. 존 그리어 고아원의 후원 재단 이사에게 편지를 쓴다는 사실을 절대 잊어서는 안 돼."

제루샤는 애타게 원장실의 문을 바라보았다. 머릿속이 흥분으로 소용돌이치고 있었고, 당장 리펫 부인의 잔소리에서 벗어나 혼자 생각을 정리하고 싶었다. 제루샤는 슬며시 일어서서 머뭇거리며 뒷걸음질쳤다. 그러자 리펫 부인이 멈춰 서라고 손짓하며 제루샤가 나가지 못하게 붙들었다. 한바탕 연설을 늘어놓을 좋은 기회를 놓칠 수 없었다.

"쉽게 얻을 수 없는 아주 귀한 행운이 찾아왔으니 네가 예의 바르게 감사히 여길 거라고 믿는다. 너 같은 처지의 여자아이가 이렇게 출세할 기회를 얻는 일은 정말 드물어. 그러니 늘 고마움을 마음에 새기고…."

"저는…. 네, 원장님. 정말 감사합니다. 저, 혹시 말씀이 다 끝나셨으면 저는 이만 올라가서 프레디 퍼킨스의 바지에 난 구멍을 기워야겠어요."

제루샤가 원장실의 문을 닫고 나갔다. 리펫 부인은 입을 떡 벌린 채 제루샤가 떠난 문을 바라보았다.

제루샤 애벗 양이

키다리 아저씨 스미스 씨에게

보내는 편지

퍼거슨 홀 215호

9월 24일

고아를 대학에 보내주시는 친절한 후원 재단 이사님께

드디어 대학에 도착했어요! 어제 네 시간이나 기차를 타고 여행했답니다. 기차를 타면 참 신나요, 그렇지 않나요? 저는 태어나서 어제 처음으로 기차를 타봤거든요.

세상에, 학교는 어찌나 넓은지 정말로 정신을 쏙 빼놓을 정도예요. 글쎄, 기숙사 방을 벗어날 때마다 매번 길을 잃어버린다니까요. 나중에 학교에 더 익숙해지면 학교 모습이 어띤지 이사님께 자세히 설명해드릴게요. 수업에 관해서도 요. 수업은 월요일 아침부터 시작하는데, 지금은 아직 토요일 저녁이거든요. 본격적인 학교생활은 시작하지 않았지만, 그래도 이사님께 먼저 인사드리고 싶어서 이렇게 편지를 쓴답니다.

모르는 사람에게 편지를 쓰려니 기분이 참 이상하네요. 사실 제게는 편지를 쓰는 일 자체가 아주 어색하답니다. 살면서 편지라고는 세 번인가 네 번 정도밖에 쓰지 않았거든요. 그러니 제 편지가 썩 훌륭하지 않아도 너그러이 읽어주세요.

어제 아침, 고아원을 떠나기 전에 리펫 원장님과 아주 진지한 대화를 나눴어요. 원장님은 제가 앞으로 살아가며 평생 어떻게 행동해야 하는지, 특히 저에게 너무도 큰 은혜를 베풀어주신 친절한 신사분께 어떻게 행동해야 하는지 말씀하셨죠. 저는 이사님께 지극히 공손하게 굴어야 한다는 사실을 반드시 명심해야 한답니다.

하지만 자기를 '존 스미스'라고 불러 달라는 사람을 어떻게 지극히 공손하게 대할 수 있겠어요? 이사님은 도대체 왜

개성이 전혀 드러나지 않는 이름을 선택하셨나요? 차라리 '친애하는 말뚝 씨'나 '친애하는 빨랫줄 기둥 씨'에게 편지를 쓰는 편이 더 낫겠어요.

올여름 내내 이사님을 무척 많이 생각했답니다. 평생 고아원에서 외롭게 살다가 드디어 저에게 관심을 기울여주는 사람을 만나니까 꼭 가족이라도 찾은 기분이에요. 저도 이제 어느 가족의 일원이 된 것만 같아 몹시 푸근한 느낌까지 드는걸요. 그런데 이사님에 관해서 생각해볼 때면, 아무리 애써 상상력을 발휘해봐도 이사님이 어떤 사람인지 도무지 떠오르지 않는 거예요.

왜냐면 제가 이사님에 관해서 아는 사실이 딱 세 가지뿐이거든요.

1. 키가 크다.
2. 부유하다.
3. 여자아이를 싫어한다.

이사님을 '여자아이를 싫어하는 분'으로 불러야 하나 고민해봤어요. 하지만 이렇게 부르면 괜히 제가 제 자신을 모욕하는 것 같더라고요. 그래서 '부유한 분'이라고 부르는 건 어떨까 싶었는데 이 이름은 이사님을 모욕하는 것처럼 들려요. 마치 이사님이 돈만 밝히는 사람 같잖아요. 게다가 '부유하다'라는 말은 겉모습만 알려주니까요. 또 이사님이 평생 부자로 지내지 못할 수도 있고요. 아니 왜, 아주 똑똑한 사람들이 월스트리트 주식 시장에서 전 재산을 날려버리는 일도 허다하잖아요. 하지만 이사님의 큰 키는 앞으로도 영영 변함없겠죠! 이사님을 멀리서 슬쩍 봤을 때 다리가 몹시 기다란 장님거미가 생각났거든요. 그래서 이사님을 '키다리 아저씨'라고 부르기로 마음먹었어요. 이 별명에 마음이 상하지 않으셨으면 좋겠어요. 그리고 이건 우리끼리만 아는 애칭이니까 리펫 원장님에게는 절대 말하지 않기로 해요.

2분만 있으면 10시를 알리는 종이 울릴 거예요. 여기에서는 종소리에 맞춰 생활한답니다. 종이 울리면 밥을 먹고, 잠자리에 들고, 수업을 들어요. 땡땡 울리는 종소리에 따라 모두가 일사불란하게 움직이니까 정말로 활기차요. 꼭 온종일 소방마차를 끄는 말이 된 기분이라니까요. 종이 울렸네요! 이제 불을 끌 시간이에요. 안녕히 주무세요.

키다리 아저씨, 제가 규칙을 얼마나 잘 지키는지 보셨죠?

이게 다 존 그리어 고아원에서 배운 덕분이랍니다.

공경하는 마음을 담아,
제루샤 애벗 올림
키다리 아저씨 스미스 씨께

10월 1일
키다리 아저씨께

저는 대학이 정말 정말 좋고, 저를 이런 대학에 보내주신 아저씨도 정말 정말 좋아요. 지금 너무너무 행복해요. 일분일 초가 굉장히 신나서 잠도 못 이룰 정도랍니다. 이곳이 존 그리어 고아원과 얼마나 다른지 아저씨는 상상조차 못 하실걸요. 세상에 이런 곳이 있다는 걸 예전에는 꿈에도 몰랐어요. 여자가 아니라서 이 여자 대학에 오지 못하는 사람이 다 안쓰러운걸요. 아저씨가 학생일 때 다녔을 대학교도 분명히 이곳만큼 좋지는 않았을 거예요.

제가 지내는 탑은 원래 전염병 환자를 돌보던 병동이었대요. 그런데 새 병동이 들어서서 여기는 기숙사가 되었답니다. 저와 같은 층에는 학생이 세 명 더 있어요. 한 명은 안경을 쓰고 다니는 졸업반 선배예요. 툭하면 우리한테 와서 좀 더 조용히 해달라고 부탁하죠. 나머지 두 명은 저와 같은 신입생인 샐리 맥브라이드와 줄리아 러틀리지 펜들턴이에요. 빨강 머리에 들창코인 샐리는 붙임성이 좋아 상냥하답니다. 그런데 줄리아는 뉴욕 명문가 출신이라서 그런지 아직 저를 아는 체하지도 않아요. 샐리와 줄리아는 2인실을 함께 쓰고, 4학년 선배와 저는 각자 1인실을 쓴답니다. 보통 신입생은 1인실에서 지낼 수 없대요. 1인실은 별로 없거든요. 그런데 저는 따로 요청한 적도 없는데 1인실을 배정받았지 뭐예요. 교무 담당자가 양갓집에서 잘 자란 여학생과 고아원 출신을 같은 방에 두는 일은 옳지 못하다고 생각한 모양이에요. 고아라서 좋을 때도 있네요!

제 방은 탑의 북서쪽 모퉁이에 있고 창문이 두 개 달려 있어요. 전망이 꽤 좋답니다. 열여덟 해 동안 스무 명과 함께 북적대는 침실을 쓰다가 혼자서 지내보니 참 평화로워요. 처음으로 제루샤 애벗이라는 친구와 사귈 기회도 얻었죠. 저는 이 친구를 좋아하게 될 것 같아요.

아저씨도 그럴 것 같나요?

화요일
···········

　요즘 1학년 농구팀을 만들고 있어요. 아마 저도 뽑힐 것 같아요. 물론 저는 몸집이 작지만, 굉장히 날쌔고 굳세고 거칠거든요. 다른 친구들이 공중으로 펄쩍 뛰어오를 때 저는 잽싸게 발밑으로 파고들어 요리조리 피해가면서 공을 낚아챌 수 있죠. 농구 연습하는 건 끝내주게 재미있어요. 오후에 운동장으로 나가면 나무가 전부 울긋불긋하게 물들어 있고, 낙엽을 태우는 냄새가 공기를 가득 메우고 있어요. 다들 깔깔 웃으면서 함성을 지르죠. 이렇게 행복해하는 여자애들은 본 적이 없답니다. 그중에서도 제일 행복한 사람은 바로 저고요!

　원래는 아주 긴 편지를 써서 제가 배우는 것을 하나씩 다 알려드리려고 했거든요.(제가 어떻게 공부하는지 아저씨가 궁금해 하신다고 리펫 원장님께 들었어요.) 하지만 방금 막 7교시 종이 울려서 10분 안에 체육복으로 갈아입고 운동장으로 나가야 해요. 아저씨도 제가 농구팀에 들어갈 거라고 기대하시죠?

언제나 아저씨의
제루샤 애벗 올림

추신. (지금은 밤 9시예요.)

방금 샐리 맥브라이드가 제 방문으로 고개를 쑥 내밀더니 말을 걸었어요.

"집이 너무 그리워서 도저히 못 견디겠어. 너도 그래?"

저는 싱긋 웃으면서 아니라고 대답했죠. 저는 잘 견딜 수 있을 거예요. 적어도 향수병만큼은 걸릴 일이 없잖아요! 고아원이 그리워서 병에 걸렸다는 사람 이야기는 한 번도 들어보지 못했어요. 아저씨는 들어보신 적이 있나요?

10월 10일
키다리 아저씨께

아저씨는 미켈란젤로Michelangelo에 관해 들어보셨어요?

미켈란젤로는 중세 시대에 이탈리아에서 살았던 유명한

예술가래요. 영문학 강의를 듣는 학생 중에는 그 사람을 모르는 애가 없더라고요. 그래서 제가 미켈란젤로는 미카엘 대천사가 아니냐고 말했을 때 수강생 전체가 한바탕 웃음을 터뜨렸지 뭐예요. 미켈란젤로라는 이름의 철자에 '천사angel'라는 단어가 들어가 있으니까 대천사archangel와 비슷하게 들리지 않나요? 대학 생활에도 어려운 점이 있네요. 저는 지금껏 단 한 번도 들어보지 못한 것들이 참 많거든요. 그런데 다들 저도 당연히 잘 알겠거니 생각해서 가끔 몹시 당황스러워요. 하지만 이제는 요령을 익혀서, 학생들이 뭔가 낯선 말을 하면 그냥 잠자코 듣고만 있다가 나중에 백과사전을 찾아본답니다.

첫날에는 정말 생각하기도 싫은 끔찍한 실수를 저질렀어요. 누가 벨기에 작가 모리스 마테를링크에 관해서 말했는데, 제가 그 사람도 1학년이냐고 물었거든요. 온 학교에 소문이 쫙 퍼져버렸어요. 하지만 어쨌거나 저는 수업 시간에 다른 학생들 못지않게 똑똑하답니다. 어떤 학생들보다는 더 똑똑하고요!

아저씨는 제가 방을 어떻게 꾸몄나 궁금하지 않으세요? 갈색과 노란색이 멋지게 조화를 이루도록 꾸몄답니다. 벽이 옅은 노란색이길래 데님 천으로 만든 노란색 커튼이랑 쿠션, 마호가니 책상(3달러짜리 중고품)이랑 등나무 의자, 가운데에 잉크 얼룩이 묻어 있는 작은 갈색 카펫을 사 왔어요. 카펫의 잉크 자국을 가리려고 그 위에 의자를 놓았죠.

제 방에 창문이 꽤 높은 데 달려 있거든요. 의자에 앉아서는 창밖을 내다볼 수가 없더라고요. 그래서 서랍장에 달린 거울을 떼어내고 서랍장 위를 천으로 덮어서 창가에 바짝 붙여놓았어요. 위에 걸터앉아서 창밖을 바라보기에 딱 알맞은 높이랍니다. 서랍을 빼서 계단처럼 밟고 올라갈 수도 있죠. 얼마나 편한지 몰라요!

졸업을 앞둔 4학년 선배들이 경매를 열었을 때, 제가 방을 꾸미기에 괜찮은 물건을 고를 수 있도록 샐리 맥브라이드가 도와줬어요. 샐리는 대학에 들어오기 전까지 내내 부모님 집에서 자라서 방을 예쁘게 꾸미는 법을 훤히 꿰고 있거든요. 살 물건을 고르고, 진짜 5달러짜리 지폐를 내고, 거스름돈을 거슬러 받는 일이 얼마나 신나는지 아저씨는 상상도 못 하실 거예요. 이제껏 제가 손에 쥐어본 돈은 고작 동전 몇 센트가 전부였거든요. 아저씨, 용돈을 주셔서 정말로 감사드려요.

샐리는 세상에서 가장 재미있는 애예요. 반대로 줄리아 러틀리지 펜들턴은 세상에서 가장 재미없는 애죠. 교무처에서 둘을 룸메이트로 짝지어 줬다니 도무지 이해할 수가 없어요. 샐리는 무슨 일이든 전부 재미있다고 생각해요. 아니, 심지어 낙제하는 일조차 재미있다고 생각하더라니까요. 반대로 줄리아 그 애는 무슨 일이든 전부 따분하다고 그래요. 걔는 다른 사람에게 친절하게 행동하려는 노력 따위는 눈곱만큼도 하지 않아요. 펜들턴 가문이라는 사실 하나만으로도 아무런 심판 없이 곧장 천국에 갈 수 있다고 믿거든요. 줄리아와 저는 타고난 앙숙이랍니다.

지금쯤이면 아저씨는 제가 무얼 배우는지 궁금해서 조바심이 나시겠죠?

1. 고대 로마 역사 : 제2차 포에니 전쟁. 한니발이 이끄는 카르타고 군대는 지난밤 트라시메노 호수 근처에 진을 쳤어요. 매복한 군대는 로마군을 습격할 준비를 마쳤죠. 오늘 새벽 4시경에 전투가 벌어졌어요. 로마군이 퇴각하고 있어요.

2. 프랑스어 :《삼총사》의 24페이지를 공부하고 있고, 불규칙 동사의 제3 활용형을 배우고 있답니다.

3. 기하학 : 원기둥 부분을 끝냈고, 이제 원뿔 부분으로 들어갔어요.

4. 영어 : 설명문을 공부하고 있어요. 제 문장은 날마다 명확하고 간결해지고 있답니다.

5. 생리학 : 소화기 계통 부분으로 접어들었어요. 다음 시간에는 담즙과 췌장을 배울 거예요.

배움의 길을 걷는,
아저씨의 제루샤 애벗 올림

추신. 아저씨, 술은 입에도 대지 않으시면 안 될까요? 간에 지독하게 안 좋거든요.

수요일

키다리 아저씨께

제 이름을 바꿨어요.

학생명부에는 여전히 '제루샤'로 기록되어 있지만, 나머지 다른 곳에서는 언제나 '주디'로 불린답니다. 애칭이라고는 딱 하나뿐인데 그마저도 스스로 지은 애칭이라니. 제 처지가 정말이지 비참하네요, 그렇지 않나요? 그런데 또 잘 생각해 보면, '주디'를 제가 지었다고 보기는 어려워요. 프레디 퍼킨스가 또박또박 말하지 못할 적에 저를 그렇게 부르곤 했거든요.

리펫 원장님이 고아원의 아기에게 이름을 지어줄 때 창의력을 조금만 더 발휘하신다면 참 좋을 텐데 말이에요. 원장님은 전화번호부에서 성을 고르시죠. 제 성인 '애벗'은 A로 시작해서 전화번호부 첫 번째 페이지에 나와 있어요. 심지어 이름은 아무 데서나 막 고르신다니까요. '제루샤'는 묘비에서 발견하셨대요. 저는 제 이름이 늘 싫었어요. 하지만 '주디'는 꽤 마음에 들어요. 아주 유치한 이름이기는 하죠. 저 같은 여자애에게 어울리는 이름은 아니잖아요. 사랑스럽고 귀엽기 그지없는 눈이 푸른 소녀에게 붙여줄 법한 이름이니까요. 온 가족이 애지중지하며 어리광을 다 받아주고, 걱정이라고는 없이 마음껏 인생을 즐기는 여자애요. 제가 그런 사람이라면 얼마나 행복할까요? 제가 무슨 잘못을 저지른다고 해도, 집안에서 응석받이로 자라 버릇이 없어서 그렇다고 비난할 수 있는 사람은 아무도 없을 거예요! 하지만 온 가족이 오냐오

냐하며 키운 아이인 척 행세하는 일은 엄청나게 재미있답니다. 혹시 언젠가 저에게 편지를 보내신다면, 저를 꼭 주디라고 불러주세요.

뭐 하나 알려드릴까요? 새끼 염소 가죽 장갑이 세 켤레나 생겼어요. 벙어리장갑은 크리스마스트리에 달려 있던 걸 선물로 받은 적이 있지만, 다섯 손가락이 다 달린 진짜 장갑은 처음이에요. 그래서 틈만 나면 장갑을 꺼내서 껴보곤 한답니다. 수업 시간에도 장갑을 끼고 있지 않으려면 이렇게라도 하는 수밖에 없는걸요.

(저녁 식사 종이 땡땡땡 울려요. 그럼 이만 줄일게요.)

금요일

아저씨의 생각이 궁금해요. 영문학 강사님이 제가 지난번에 제출한 과제가 보기 드물게 독창적이라고 말씀하셨어요. 진짜로요. 정말로 그렇게 말씀하셨다니까요. 제가 지난 열여덟 해 동안 어떤 교육을 받았는지 생각해보면, 그야말로 불가능하지 않나요? 존 그리어 고아원의 목표는(아저씨도 이 목표를 틀림없이 알고 계실 테고, 또 진심으로 찬성하시겠죠.) 고아 아흔일곱 명을 쌍둥이 아흔일곱 명으로 바꾸어 놓는 거잖아요.

제가 영문학 과제에서 보여줬던 비범한 예술적 재능은 어렸을 때 장작을 쌓아두는 헛간 문에 분필로 리펫 원장님의 얼굴을 그리면서 키운 거랍니다.

제가 집으로 여기며 어린 시절을 보낸 고아원을 비난하더라도 불쾌하게 받아들이지 않으셨으면 해요. 하지만 우리 사이에서 주도권을 쥔 사람은 바로 아저씨니까, 제가 너무 건방지게 군다면 언제든지 용돈을 끊으셔도 좋아요. 버릇없는 말인 거 저도 잘 알아요. 하지만 제게 예의범절을 기대하지는 마세요, 아저씨. 고아원은 숙녀들에게 세련된 교양을 가르치는 신부 학교가 아니니까요.

있잖아요, 아저씨, 대학 생활에서 힘든 건 공부가 아니더라고요. 친구들과 어울려 노는 일이 제일 어려워요. 다른 여자애들이 도대체 무슨 말을 하는 건지 통 알아듣지 못할 때가 많거든요. 친구들이 던지는 농담을 듣고 있자면, 아무래도 저만 빼고 모두 예전에 경험해본 일에 관한 말 같아요. 저는 이곳에서 이방인이죠. 이 친구들의 언어도 이해하지 못하고요. 그럴 때마다 참 비참해진답니다. 지금까지 늘 그랬어요. 고등

학교에서도 여자애들이 자기들끼리 모여 서서 지를 빤히 쳐다보기만 했거든요. 제가 남들과 다르고 별난 아이라는 사실을 다들 알았죠. 꼭 이마에 '존 그리어 고아원'이라고 써 붙이고 다니는 기분이었어요. 그러면 으레 저를 동정하는 몇 명이 다가와서 점잔을 빼며 말을 붙이곤 했거든요. 저는 그 애들이 하나하나 다 미웠어요. 그중에서도 저를 동정하는 애들이 제일 싫었어요.

여기에서는 제가 고아원에서 자랐다는 사실을 아무도 몰라요. 샐리 맥브라이드에게는 엄마 아빠가 모두 돌아가셨고, 친절한 노신사분이 대학에 보내주셨다고만 말했어요. 따지고 보면 틀린 말도 아니잖아요. 제가 비겁하다고 생각하지 말아 주세요. 저는 진심으로 다른 애들과 같아지고 싶거든요. 하지만 제 유년 시절에 어두운 그림자를 드리우는 끔찍한 고아원 생활이야말로 제가 그 아이들과 똑같아질 수 없는 가장 큰 차이점이랍니다. 만약 제가 고아원에서 살았던 시절에서 등을 돌리고 기억을 모두 지울 수만 있다면, 여느 여자애들만큼 괜찮은 사람이 될 수 있을지도 몰라요. 깊이 들여다보면 저와 그 아이들이 근본적으로 다르지는 않다고 생각하거든요. 아저씨는 어떻게 생각하세요?

어쨌거나 샐리 맥브라이드는 저를 좋아해요!

언제나 아저씨의
주디 애벗 올림
(예전의 제루샤)

토요일 아침

위에 쓴 편지를 방금 다시 읽어보았어요. 편지가 우울한 내용으로 꽉 찼네요. 하지만 골치 아픈 과제를 월요일 아침까지 제출해야 하고, 기하학도 복습해야 하고, 또 감기에 걸려서 시도 때도 없이 재채기하고 있거든요. 그러니 아저씨가 이해해주실 거죠?

일요일

어제 편지를 부친다는 걸 깜빡 잊어버렸지 뭐예요. 그래서 도저히 분이 풀리지 않는 일을 덧붙여 말씀드릴까 해요.

오늘 아침에 주교님이 설교하셨단 말이에요. 그런데 도대체 뭐라고 말씀하신 줄 아세요?

"성경에서 우리에게 베풀어준 가장 은혜로운 약속은 '가난한 자들이 언제나 너희 곁에 있을지어다.'라는 말씀입니다. 신은 우리가 자비심을 잃지 않도록 가난한 이들을 이 세상에 만드셨습니다."

저 말을 잘 생각해보세요. 가난한 사람을 무슨 쓸모 있는 가축처럼 생각하잖아요. 제가 어디 흠잡을 데 없는 숙녀로 잘 자랐기에 망정이지, 안 그랬으면 미사가 끝나자마자 주교님께 달려가서 제 생각을 앙칼지게 쏘아붙였을 거예요.

10월 25일

키다리 아저씨께

제가 정말로 농구팀에 들어갔답니다. 아저씨도 제 왼쪽 어깨에 든 시퍼런 멍을 보셔야 하는데 말이에요. 피부가 푸르스름하고 불그스름하게 변한 데다 오렌지빛깔 실금까지 살짝 나 있어요. 줄리아 펜들턴도 농구팀에 들어가려고 지원했지만 떨어졌답니다. 만세!

제가 얼마나 심술궂은 아이인지 아시겠죠?

대학 생활은 갈수록 마음에 들어요. 친구들도, 교수님들도, 수업도, 캠퍼스도, 음식까지도 전부 다 좋아요. 아이스크림이 일주일에 두 번이나 나오고, 옥수수죽 따위는 절대로 나오지 않는답니다.

아저씨는 한 달에 한 번만 편지를 받겠다고 하셨죠? 하지만 저는 사흘이 멀다고 편지를 퍼부어댔네요! 여기서 온갖 새로운 모험을 겪느라 너무 신나서 누군가에게 털어놓지 않고는 배길 수가 없어요. 그런데 제가 아는 사람은 아저씨뿐인걸요. 제 편지가 마구 쏟아지더라도 이해해주세요. 저도 이곳에 금방 적응하고 안정될 거예요. 만약 제 편지가 너무 성가시면 언제든지 쓰레기통에 던져버리셔도 괜찮아요. 11월 중순까지는 편지를 더 보내지 않겠다고 약속드릴게요.

최고의 수다쟁이
주디 애벗 올림

11월 15일
키다리 아저씨께

오늘 배운 내용을 말씀드릴게요.

'정각뿔대에서 절단면의 넓이는 밑변 길이의 합에 사다리꼴의 높이를 곱한 값의 2분의 1과 같다.'

틀린 말 같지만 진짜랍니다. 제가 증명할 수도 있어요!

아저씨, 제가 옷에 대해서는 아직 말씀드리지 않았죠? 원피스가 모두 여섯 벌이예요. 전부 아름다운 새 옷이랍니다. 누가 입다가 작아져서 물려준 옷이 아니라 처음부터 오롯이 저 자신을 위해 산 옷이에요. 새 옷을 사다니, 이게 고아의 인생에서 얼마나 황홀한 일인지 아저씨는 잘 모르시겠죠? 다 아저씨 덕분이에요. 정말로, 정말로, 정말로 감사드려요. 대학에서 공부하는 것도 멋진 일이지만 새 원피스를 여섯 벌이나 사는 짜릿한 경험과 비교하면 아무것도 아니에요. 옷은 고아원 시찰단으로 계신 프리처드 양이 골라주셨어요. 리펫 원장님이 나서지 않아서 얼마나 다행인지 몰라요. 우선, 실크 위에 보드랍고 하늘하늘한 분홍색 모슬린을 두른 이브닝 드레스가 한 벌 있어요.(이 옷을 입으면 더할 나위 없이 아름다워 보인답니다.) 교회에 갈 때 입는 푸른색 원피스도 한 벌 있고요. 또 빨간 베일과 동양풍 장식을 더한 드레스도 있어요. 만찬에 입고 가면 딱 알맞죠.(이 옷을 입으면 제가 집시처럼 보인대요.) 가볍고 부드러운 장밋빛 샬리 천으로 만든 원피스, 편하게 입을 수 있는 회색 정장, 수업을 들으러 갈 때 입는 평상복도 있답니다. 줄리아 러틀리지 펜들턴이라면 이 정도 옷으로 호들갑을 떤다고 코웃음을 치겠죠. 하지만 제루샤 애벗은, 세상에! 너무나 행복해요.

지금 제가 천박하고 어리석은 속물같다고 생각하시죠? 여자애를 대학에 보내는 건 역시 돈 낭비라고 생각하시죠?

하지만 아저씨, 만약 아저씨도 체크무늬 무명옷만 평생 입고 살았다면 제 심정을 충분히 이해하실 거예요. 게다가 저는 고등학교에 입학하면서부터 그 옷보다 훨씬 더 끔찍한 옷을 입어야 했어요.

바로 자선 상자에 있던 옷이었죠.

비참하게 자선 상자에서 꺼내온 옷을 입고 학교에 가야 했을 때 제 마음이 얼마나 괴로웠는지 아저씨는 절대로 모르실 거예요. 한 번은 하필 그 옷의 원래 주인이었던 여자애와 짝이 되어서 옆에 앉은 적이 있어요. 그 애는 다른 애들에게 제

옷을 가리키면서 속닥거리고 낄낄 웃어댔죠. 철천지원수들이 내다 버린 옷을 주워 입어야 하는 쓰라린 심정은 영혼을 갉아먹는답니다. 제가 앞으로 평생 실크 스타킹을 신는다고 해도, 그때 받은 상처를 지우지는 못할 거예요.

최신 전쟁 속보!
현장에서 뉴스를 전해드립니다.

11월 13일 목요일 새벽 4시경, 한니발 장군이 로마군 선발대를 격파했습니다. 이윽고 그는 카르타고 군대를 이끌고 산을 넘어 카실리눔 평원으로 진격했습니다. 카르타고의 동맹인 누미디아의 경장비 부대가 로마의 퀸투스 파비우스 막시무스가 지휘하는 보병 부대와 전투를 벌였습니다. 전투가 두 차례 일어났고, 계획에 없던 소규모 충돌도 벌어졌습니다. 로마군은 심각한 손실을 보고 퇴각했습니다.

영광스럽게도
전선으로 나가 아저씨의 특파원이 된
J. 애벗 올림

추신. 아저씨의 답장을 바라면 안 된다는 걸 알아요. 또 질문 공세를 퍼부어서 아저씨를 귀찮게 해서는 안 된다고 주의도 받았어요. 하지만 아저씨, 딱 이번 한 번만 대답해주세요. 아저씨는 나이가 아주 많으신가요, 조금 많으신가요? 머리가 훌렁 다 벗어지셨나요, 아니면 조금만 벗어지셨나요? 아저씨의 모습을 대강이라도 상상하는 건 기하학 정리를 이해하는 것만큼이나 무척 어려워요.

키가 크고 부유한 이 남자는 여자아이를 싫어하지만, 제법 건방진 여자애 한 명에게는 아주 너그러우시죠. 이 사람은 도대체 어떻게 생겼을까요?

답장 기다릴게요.

12월 19일
키다리 아저씨께

아저씨는 제 질문에 단 하나도 답해주지 않으셨어요. 대단히 중요한 질문이었단 말이에요.

아저씨는 대머리세요?

아저씨가 정확히 어떻게 생겼는지 자세하게 그려보려고

했었거든요. 정말 순조롭게 그려나가고 있었는데, 정수리 부분에 이르자 그만 막혀버렸어요. 아저씨 머리가 새하얗게 셌는지, 여전히 검은지, 아니면 희끗희끗한 회색인지, 그것도 아니라면 다 벗어져서 머리카락이라고는 찾아볼 수 없는지 도무지 정할 수가 없어요.

자, 아저씨의 초상화를 보여드릴게요.

그런데 문제가 하나 있어요. 저 그림에 머리카락을 그려 넣어야 할까요?

제가 아저씨의 눈동자 색깔은 무엇으로 골랐는지 궁금하지 않으세요? 눈동자는 회색이랍니다. 눈썹은 마치 현관 지붕처럼 툭 튀어나왔어요.(소설에서는 '돌출했다'라고 묘사하더라고요.) 앙다물어서 일자가 된 입은 양쪽 입꼬리가 축 처져 있죠. 아, 아저씨, 이제 알겠어요! 아저씨는 성미가 고약하고 퉁명스러운 노인이시네요.

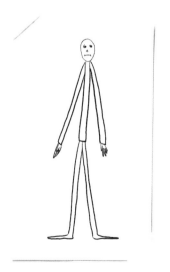

(예배 시간을 알리는 종이 울렸어요.)

밤 9시 45분

절대 어길 수 없는 규칙을 새로 하나 만들었어요. 다음 날 아침에 제출해야 할 과제가 아무리 산더미처럼 쌓였어도 밤에는 절대로, 절대로 공부하지 않을 거예요. 교과서 대신 평범한 책을 읽을 거랍니다. 아저씨도 아시다시피, 18년이라는 공백을 메우려면 반드시 책을 읽어야 하니까요. 제 머리가 얼마나 까마득하게 텅 비어 있는지 아저씨는 믿지 못하실 거예요. 저도 요즘에야 제 상태를 깨달았거든요. 다른 학생들은 대체로 번듯한 집안에서 자라면서 가족이나 친구들과 어울리고 책을 읽어서 자연스럽게 지식을 쌓았더라고요. 그런데 저는 생전 들어본 적도 없는 것들이 무지막지하게 많아요. 어디 한번 예를 들어볼까요.

저는 《머더구스》나 《데이비드 코퍼필드》, 《아이반호》, 《신데렐라》, 《푸른 수염》, 《로빈슨 크루소》, 《제인 에어》, 《이상한 나라의 앨리스》 같은 동화와 소설을 읽어본 적이 없어요.

러디어드 키플링의 소설이나 시 역시 단 한 글자도 읽어본 적이 없고요. 헨리 8세가 여러 번 결혼했다거나 퍼시 셸리가 시인이라는 사실도 전혀 몰랐죠. 아주 먼 옛날에는 사람이 원숭이였다는 사실도, 에덴동산은 아름다운 신화에 지나지 않는다는 사실도 모르고 있었어요. R. L. S.가 스코틀랜드 태생의 작가 로버트 루이스 스티븐슨의 약자라는 거나 소설가 조지 엘리엇이 실은 여자라는 것도 까맣게 몰랐어요. 〈모나리자〉를 본 적도 없고, 셜록 홈스도 대학에 와서 처음 들어봤죠.(믿기 어려우시겠지만 사실이랍니다.)

이제는 이런 것들뿐만 아니라 다른 것들도 많이 알게 됐어요. 보시다시피 다른 애들을 따라잡으려면 한참 멀었지만 그래도 참 재미있어요! 요즘은 온종일 저녁이 오기만 기다렸다가 때가 되면 문에 '공부 중' 팻말을 떡하니 걸어놓죠. 그러고는 멋진 빨간색 목욕 가운을 걸치고 푹신한 털 슬리퍼를 신고나서 쿠션을 죄다 소파에 쌓아 올려놓고는 등에 받치고 앉아요. 그런 다음 팔꿈치 옆에 놓인 독서용 놋쇠 램프를 켜두고 책을 읽고, 또 읽고, 또 읽지요. 한 권으로는 성에 차지도 않아요. 그래서 한 번에 네 권씩 읽고 있답니다. 지금은 테니슨의 시집과 《허영의 시장》, 키플링의 단편 소설집 《산중야

화》, 또 (웃지 마세요.) 《작은 아씨들》을 읽고 있어요. 이 대학에서 어릴 때 《작은 아씨들》을 읽지 않은 학생은 저밖에 없더라고요. 물론 이 사실은 아무에게도 이야기하지 않았어요.(그랬다가는 별난 애라고 낙인찍힐 게 불 보듯 뻔해요.) 그냥 남몰래 서점에 가서 지난달 용돈에서 1달러 12센트를 내고 책을 사 왔죠. 다음에 누가 라임 피클 이야기를 꺼내면, 저도 《작은 아씨들》에 나오는 에피소드를 말하는 거구나 하고 알아들을 거예요!

(벌써 10시를 알리는 종이 울리네요. 이번 편지는 쓰는 내내 자꾸 방해를 받네요.)

토요일

존경하는 선생님,

기하학 분야에서 새롭게 탐구하는 내용을 귀하게 보고하게 되어 영광입니다. 지난 금요일, 평행육면체 과정을 모두 마치고 각뿔대로 접어들었습니다. 학문의 길은 몹시 고되고 힘겹습니다.

일요일

다음 주부터 크리스마스 방학이라 다들 바쁘게 짐을 싸고 있어요. 기숙사 복도를 가득히 메운 여행 가방 사이를 지나 다니느라 애를 먹고 있답니다. 모두 잔뜩 신이 나서 공부가 손에 잡히지 않나 봐요. 저도 방학을 실컷 즐길 거예요. 다른 1학년 한 명도 고향이 머나먼 텍사스라서 집에 가지 않고 학교에 남아 있기로 했어요. 그 애와 함께 멀리 산책하러 나가고 얼음이 얼면 스케이트도 배우기로 계획을 짜놓았답니다. 또 도서관에 읽어야 할 책이 아직도 산더미만큼 남아 있으니까 한가로운 3주 동안 도서관에서 살 작정이에요!

안녕히 계세요, 아저씨. 아저씨도 저만큼 행복하셨으면 좋겠어요.

언제나 아저씨의
주디 올림

추신. 제 질문에 답하시는 것 잊지 말아 주세요. 편지 쓰기가 번거롭다면, 비서를 시켜서 전보를 보내셔도 돼요. 이렇게 간단하게만 써도 괜찮아요.

"스미스 씨는 완전히 대머리다."

아니면

"스미스 씨는 대머리가 아니다."

또는

"스미스 씨는 백발이다."

그리고 제 용돈에서 전보 요금 25센트를 빼시고요.

1월까지 안녕히 계세요. 메리 크리스마스!

크리스마스 방학이 끝나갈 무렵

정확한 날짜는 알 수 없음

키다리 아저씨께

아저씨가 계시는 곳에도 눈이 내리고 있나요? 제 방에서 바깥을 내다보면 온 세상이 새하얀 천을 덮어쓰고 있어요. 또 팝콘만큼 큼지막한 눈송이가 펑펑 쏟아져 내리고 있답니다. 지금은 늦은 오후예요. 차가워 보이는 노란 해가 더 차가워 보이는 보랏빛 언덕 너머로 막 넘어가고 있어요. 저는 창가 자리에 앉아서 점점 엷어지는 마지막 햇살을 받으며 편지를 쓰고 있답니다.

아저씨가 보내주신 금화 다섯 닢을 받고 깜짝 놀랐어요! 저는 크리스마스 선물에 익숙하지 않거든요. 아저씨는 제게 이미 너무나 많은 걸 베풀어주셔서(사실 제가 가진 것은 전부 아저씨께서 주신 거죠.) 이렇게 선물을 또 받아도 될까 싶어요. 하지만 이번 선물 역시 마음에 쏙 든답니다. 제가 용돈으로 이번에 뭘 샀는지 궁금하시죠?

1. 가죽 상자에 든 은시계. 수업에 지각하지 않도록 손목에 차고 다닐 거예요.
2. 매튜 아놀드 시집
3. 뜨거운 물을 넣어 침대를 따뜻하게 덥힐 물주머니
4. 무릎 담요 (제 방이 좀 추워요.)
5. 노란 원고지 500장 (이제 슬슬 작가가 될 준비를 시작해야 하니까요.)
6. 동의어 사전 (작가로서 어휘력을 키우려고요.)
7. (이 마지막 물건은 알려드리기 싫지만, 어쨌든 말씀드릴게요.) 실크 스타킹

보셨죠? 제가 아저씨께 숨기는 게 있다고 생각하시면 안 돼요!

굳이 알고 싶으실까 봐 솔직하게 털어놓을게요. 실크 스타킹을 산 이유는 유치하기 짝이 없어요. 줄리아 펜들턴이 기하학 숙제를 하러 매일 밤 제 방으로 오는데, 그때마다 실크 스타킹을 신고 와서 제 소파에 다리를 꼬고 앉아 있단 말이죠. 조금만 두고 보세요. 방학이 끝나고 걔가 기숙사로 돌아오면, 제가 실크 스타킹을 신고 그 애 방으로 가서 다리를 꼬고 앉아 있을 거예요. 저 정말 치사한 사람이죠, 아저씨? 하지만 적어도 솔직하잖아요. 게다가 아저씨는 제 고아원 기록을 모두 보셨을 테니, 제가 완벽한 사람은 아니라는 걸 이미 잘 아실 거예요. 그렇죠?

요컨대(영문학 강사님이 두 문장에 한 번꼴로 말씀하시는 표현이에요.), 저는 제 일곱 가지 선물에 진심으로 감사해요. 그리고 이것들 모두 캘리포니아에 있는 가족이 보낸 선물이라는 상상에 푹 빠져 있답니다. 시계는 아빠가, 담요는 엄마가, 물주머니는 할머니가(이런 날씨에 제가 감기라도 걸릴까 봐 늘 노심초사하세요.), 노란 원고지는 동생 해리가 보냈다고요. 이사벨 언니는 실크 스타킹을 보냈고, 수전 고모는 매튜 아놀드 시집을 보내줬죠. 해리 삼촌(삼촌 이름을 따서 남동생 이름을 지었답니다.)은 사전을 사주셨어요. 삼촌은 원래 초콜릿을 보내려고 하셨지만 제가 동의어 사전이 필요하다고 고집을 부렸거든요.

아저씨도 상상으로 꾸며낸 이 가족의 일원이 되는 데 반대하지 않으시죠?

자 그럼, 지금부터 제가 크리스마스 방학을 어떻게 보냈는지 이야기해드릴까요? 아니면 아저씨는 오직 제 학업 같은 것에만 관심이 있으신가요? 아저씨가 '같은 것'에 담긴 미묘한 의미를 알아차리셨으면 좋겠어요. 제가 최근에 배운 단어랍니다.

텍사스에서 온 신입생은 레오노라 펜턴이에요.(제루샤만큼이나 웃긴 이름이에요. 그렇죠?) 저는 이 친구가 좋아요. 샐리 맥브라이드만큼은 아니지만요. 샐리만큼 좋은 사람은 아무도 없어요. 아저씨만 빼고요. 저는 언제나 그 누구보다도 아저씨를 좋아한답니다. 아저씨는 제 가족을 모두 합친 사람이니까요. 레오노라와 저는 2학년 선배 두 명과 함께 날씨가 좋은 날이면 어김없이 산책하러 나가서 주변 동네를 전부 둘러보았어요. 짧은 치마와 니트 재킷, 모자 차림에 이것저것 쳐낼 수 있는 아이스하키 스틱을 들고서 돌아다녔죠. 한 번은 시내까지 걸어가서(6킬로미터가 넘는 거리였어요.) 여대생들이 저녁을 먹으러 자주 가는 식당에 갔어요. 랍스터 구이(35센트)를 먹고 디저트로 메이플 시럽을 뿌린 메밀 팬케이크(15센트)까지 먹었죠. 저렴한 가격으로 영양 만점 식사를 했답니다.

얼마나 재미있었는지 몰라요! 함께 어울린 네 명 중에서 제가 특히나 즐거워했어요. 고아원 생활과는 하늘과 땅만큼이나 달랐거든요. 캠퍼스를 벗어날 때 마다 꼭 탈옥수가 된 기분이에요. 그래서 저는 생각을 다 끝내기도 전에 다른 애들 앞에서 제 기분이 어떤지 불쑥 내뱉곤 해요. 그러면 자루 밖으로 거의 다 뛰쳐나온 고양이의 꼬리를 잡아서 어렵사리 다시 밀어 넣는 것처럼 진땀을 빼면서 수습해야 하죠. 저는 속내를 모두 털어놓지 않는 게 너무너무 어려워요. 아무래도 천성이 솔직한 사람인가 봐요. 이렇게 이야기할 수 있는 아저씨라도 없었다면, 저는 아마 폭발해버렸을걸요.

지난 금요일 저녁에는 당밀 사탕을 만들었어요. 퍼거슨 기숙사의 사감 선생님이 다른 기숙사에 남은 학생들까지 모두 불러 모아서 이런 행사를 마련해주셨답니다. 1학년부터 4학년까지 모두 스물두 명이 모여서 마음을 맞춰 화기애애하게 사탕을 만들었죠. 드넓은 주방의 돌벽에는 구리 냄비와 주전자가 줄지어 걸려 있었어요. 제일 작은 냄비가 빨래 삶는 솥만큼 크더라니까요. 퍼거슨 홀에서 지내는 학생이 모두 사백 명이나 되니까 그럴 만도 하죠. 흰 모자를 쓰고 흰 앞치마를 두른 주방장 아저씨가 흰 모자와 앞치마를 각각 스물두 개씩 더 가져오셨어요.(도대체 그 많은 걸 어디서 구했을까요.) 그래서 우리 모두 요리사로 변신했답니다.

무척 즐겁게 사탕을 만들었어요. 맛은 그냥저냥 그랬지만요. 사탕을 다 만들고 나니까 우리 손이며 얼굴이며, 부엌은 물론 문손잡이까지 빠짐없이 온통 당밀이 묻어서 끈적거렸어요. 우리는 모자와 앞치마를 벗지도 않고 그 차림 그대로 줄지어 행진에 나섰답니다. 각자 커다란 포크나 숟가락, 아니면 프라이팬을 들고 텅 빈 복도를 위풍당당하게 걸어서 교무실로 갔죠. 교수님과 강사 선생님 대여섯 명이 조용히 저녁 시간을 즐기고 계셨어요. 우리는 세레나데를 바치듯 교가를 부르고 나서 당밀 사탕을 드렸어요. 그분들은 정중하게 사탕을 받으셨지만, 이걸 정말로 먹어도 되나 하는 미심쩍은 표정은 숨기지 못하시던걸요. 우리는 쫀득거리는 당밀 사탕 덩어리를 물고 입이 딱 달라붙어서 아무 말도 못 하는 그분들

을 뒤로하고 교무실을 떠났답니다.

자, 아저씨, 제가 대학에 와서 하루가 다르게 경험을 쌓으며 성장하는 게 보이시죠!

그런데 아저씨, 사실은 제가 작가가 아니라 예술가가 되어야 한다고 생각하지는 않으시나요?

이틀 후면 방학이 끝나요. 친구들을 다시 만날 수 있어서 기뻐요. 사백 명이 모여서 지내던 곳을 겨우 아홉 명이 차지하고 있다 보니 지금은 기숙사가 조금 쓸쓸하거든요. 다들 휑뎅그렁한 기숙사에서 뒹굴뒹굴 돌아다니고 있답니다.

어머나, 편지를 열한 장이나 썼네요. 이걸 다 읽느라 피곤하시겠어요, 가엾은 아저씨! 처음에는 그저 짤막하게 감사 편지를 쓸 생각이었어요. 그런데 펜만 잡으면 글이 폭포수처럼 쏟아져 나오지 뭐예요.

안녕히 계세요. 저를 생각해주셔서 감사해요. 수평선 위로 떠오른 작은 먹구름 한 조각만 아니라면 지금 더할 나위 없이 행복했을 거예요. 2월에 시험이 있거든요.

사랑을 담아,
주디 올림

추신. 편지에 제 사랑을 담아 보낸다는 말이 주제넘은 표현일까요? 그렇다면 용서해주세요. 하지만 저도 누군가를 사랑해야 하잖아요. 그런데 아저씨랑 리펫 원장님 둘 중 한 명을 골라야 한단 말이에요. 아시겠죠? 그러니 아저씨가 참으셔야만 해요. 사랑하는 아저씨, 저는 리펫 원장님을 사랑할 수 없으니까요.

시험 전날 밤
키다리 아저씨께

이 대학이 공부를 얼마나 무지막지하게 시키는지 아저씨도 아셔야 해요! 방학이라는 게 있었다는 사실조차 까맣게 잊어버렸다니까요. 지난 나흘 동안 쉰일곱 개나 되는 불규칙 동사를 머릿속에 쑤셔 넣었어요. 제발 시험이 끝날 때까지 고스란히 남아 있기만을 바랄 뿐이에요.

어떤 애들은 학기가 끝나고 나면 교과서를 팔아버린대요. 하지만 저는 그대로 보관할 생각이에요. 그러면 졸업하고 나서도 교과서를 전부 책장에 한 줄로 모셔두고 있다가, 자세한 내용을 살펴봐야 할 때가 생기면 곧바로 찾아볼 수 있잖아요. 배운 내용을 모조리 머릿속에 보관하려고 애쓰는 것보다 훨씬 더 편하고 정확한 방법이죠.

오늘 저녁에 줄리아 펜들턴이 얼굴이나 잠깐 보겠다며 제 방에 들러놓고는 꼬박 한 시간이나 있다 갔어요. 그런데 그 애가 가족 얘기를 꺼내기 시작하는 거예요. 화제를 돌려보려고 온갖 애를 썼지만, 소용이 없었어요. 아니 글쎄, 제 어머니의 처녀 시절 성이 뭐냐고 묻잖아요. 고아에게 그렇게 무례한 질문이 어디 있겠어요? 차마 모른다고 말할 수가 없어서 비참한 마음으로 그냥 제일 먼저 떠오르는 성을 얘기해버렸죠. 그게 몽고메리였거든요. 그러니까 이번에는 매사추세츠의 몽고메리 가문인지 아니면 버지니아의 몽고메리 가문인지 또 물어보지 않겠어요?

줄리아 어머니는 러더포드 가문이래요. 그 집안은 노아의 방주를 타고 왔고, 헨리 8세와 인척이래요. 아버지 쪽 집안은 에덴동산에서 살던 아담보다 훨씬 더 오래된 집안이라나 뭐라나요. 줄리아네 가계도에서 가장 위쪽을 살펴보면 털이 비단결처럼 곱고 꼬리가 유난히 기다란 혈통 좋은 원숭이가 있을 거예요.

오늘 밤에는 아저씨를 즐겁게 해드릴 수 있는 재미있고 기운찬 편지를 쓰고 싶었는데, 지금 너무 졸려서 안 되겠어요.
시험을 앞둬서 걱정스럽기도 하고요. 신입생 생활이 마냥 행
복하지만은 않네요.

시험이 코앞에 다가온
주디 애벗 올림

일요일
키다리 아저씨께

몹시 끔찍하고 두렵고 무시무시한 소식이 있어요. 하지만
그런 소식으로 편지를 시작하지는 않을래요. 우선은 아저씨
를 즐겁게 해드리고 싶거든요.

제루샤 애벗이 드디어 어엿한 작가로 인정받기 시작했답
니다. 제가 쓴 시 〈나의 기숙사에서〉가 교지 《먼슬리》 2월호
에 실렸어요. 그것도 첫 번째 페이지에요. 이건 신입생에게는
이루 말할 수 없이 큰 영광이랍니다. 어젯밤에 예배를 마치고
나서는데 영문학 강사님이 저를 부르시더니 여섯 번째 행만

빼면 마음을 잡아끄는 멋진 작품이라고 칭찬해주셨어요. 여섯 번째 행은 음보가 지나치게 많대요. 아저씨께서 제 시를 읽고 싶으실 수도 있으니까 한 장 복사해서 보내드릴게요.

또 즐거운 소식이 뭐 없으려나…. 아, 맞다! 요즘에 스케이트를 배우고 있어요. 이제는 저 혼자서도 제법 능숙하게 탈 수 있답니다. 또 체육관 지붕에서 밧줄을 타고 미끄러지듯 내려가는 법도 배웠고 높이뛰기는 110미터 높이까지 뛰어넘을 수 있어요. 곧 120미터 높이도 뛰어넘을 수 있을 거예요.

오늘 아침에는 앨라배마에서 오신 주교님이 설교하셨는데요, 말씀이 무척 인상적이어서 제 마음을 크게 흔들었답니다. 주교님은 '비난받고 싶지 않거든 남을 비난하지 말라.'라고 말씀하셨어요. 다른 사람이 실수했다면 눈감아 줘야지, 가혹하게 몰아세우며 용기를 꺾어서는 안 된다는 뜻이었어요. 아저씨도 이 말씀을 들어보셨기를 바라요.

지금은 햇살이 눈부시도록 아름답게 빛나는 겨울날 오후예요. 전나무에 매달려 있던 고드름이 하나둘씩 뚝뚝 떨어지고 있고, 온 세상이 수북하게 쌓인 눈 무게에 눌려 있어요. 저만 빼고요. 저는 지금 슬픔에 짓눌려 있답니다.

이제 나쁜 소식을 전해드려야겠어요. 용기를 내, 주디! 반드시 말씀드려야 하잖아.

아저씨, 지금 확실히 기분 좋으신 거 맞죠? 저 수학과 라틴 고전 과목에서 낙제했어요. 그래서 요즘 두 과목 모두 따로 개인 교습을 받고 있어요. 다음 달에는 재시험도 쳐야 하고요. 실망하셨다면 죄송해요. 하지만 아저씨가 괜찮다고 하시면, 저도 별로 신경 쓰지 않을래요. 저는 교과 과정에 나오지 않는 걸 엄청나게 많이 배웠거든요. 소설을 열일곱 권이나 읽었고요, 그동안 읽은 시집을 모두 모으면 몇 자루는 될 거예요. 그것도 아무 책이나 읽은 게 아니고 《허영의 시장》과 《리처드 페버럴의 시련》, 《이상한 나라의 앨리스》 같은 필독서를 읽었답니다. 어디 그뿐인가요, 에머슨의 《수상록》과 록허트의 《월터 스콧의 생애》, 기번의 《로마 제국 쇠망사》 제1권도 읽었고, 벤베누토 첼리니의 《자서전》도 절반이나 읽었어요. 그나저나 첼리니는 정말 재미난 사람 같아요. 아침 식사 전에 한가로이 산책하러 나갔다가 별생각 없이 사람을 죽이곤 했다잖아요.

자, 아저씨도 보셨죠? 라틴어만 들입다 팠다면 이렇게 똑똑해지진 않았을 거예요. 두 번 다시 낙제하지 않겠다고 약속드릴 테니까 이번 한 번은 용서해주시겠어요?

슬픔에 잠겨 깊이 후회하고 있는
주디 올림

키다리 아저씨께
....

이번 달이 이제 겨우 절반쯤 지나갔지만, 이렇게 또 아저씨께 편지를 써요. 오늘 밤은 마음이 꽤 쓸쓸하거든요. 눈보라가 험악하게 몰아치고 있어요. 사나운 눈발이 제 방 창문을 두드려대고요. 온 캠퍼스에 불이 모두 꺼졌는데, 전 블랙커피를 마셔서 그런지 잠이 통 오지 않네요.

오늘 저녁에는 샐리와 줄리아, 레오노라 펜턴과 함께 식사했어요. 정어리 요리와 구운 머핀, 샐러드, 퍼지 사탕(설탕과 버터, 우유로 만든 부드럽고 말랑말랑한 사탕−옮긴이), 커피를 차려놓고 파티를 열었답니다. 줄리아 걔는 말로만 즐거웠다고 인사해놓고 그대로 쏙 돌아 가버렸어요. 하지만 샐리는 남아서 설거지까지 도와줬죠.

사실, 오늘 밤처럼 잠이 오지 않을 때는 라틴어를 공부하면 아주 유익할 거예요. 하지만 제가 라틴어 공부에 아무런 열의가 없다는 건 불 보듯 뻔한 사실이잖아요. 수업에서는 벌써 리비우스의 작품과 키케로의 《노년에 관하여》를 끝냈고, 이제 《우정에 관하여》를 배우고 있어요.('우정에 관하여'를 라틴어로 읽을 때 잘못해서 '욱! 정에 관하여'라고 발음해버리지 뭐예요.)

아저씨, 아주 잠깐만 아저씨가 제 할머니인 척해도 괜찮겠죠? 샐리에게는 할머니가 한 분 계시고, 줄리아와 레오노라에게는 두 분이나 계신대요. 다들 오늘 저녁 내내 자기 할머니를 자랑하는 데 어찌나 열을 올리던지, 입에 침이 마를 정도였어요. 제게도 할머니가 있다면 참 좋겠다는 생각이 머릿속을 떠나지 않았답니다. 할머니와 손녀 사이는 다른 관계가 부럽지 않을 만큼 좋아 보이더라고요. 그러니까 말이죠, 아저씨, 제가 어제 시내에 나갔다가 라벤더 빛깔 리본으로 장식한 클뤼니 레이스 모자를 봤거든요. 눈을 떼지 못할 만큼 예쁘던데, 아저씨가 그렇게 싫지만 않으시다면 이번 여든세 번째 생신 선물로 그 모자를 보내드릴게요.

!!!!!!!!!!!!

예배당 종탑의 시계가 열두 시를 알리고 있어요. 저도 곧 잠에 빠지겠죠.

안녕히 주무세요, 할머니.
할머니를 하늘만큼 땅만큼 사랑해요.
주디 올림

3월의 보름날
〰〰〰〰〰〰〰〰〰〰〰〰〰
키다리 아저씨께
〰〰〰〰〰〰〰〰〰〰〰〰〰

라틴어 작문을 공부하고 있어요. 여태껏 계속 공부했고요. 앞으로도 계속 공부할 거예요. '여태껏 계속 공부했다'라는 상태가 앞으로도 계속될 거고요. 다음 주 화요일 7교시에 재시험을 치거든요. 통과하거나, 끝장나거나 둘 중 하나겠죠. 아저씨도 다음 편지에서 결과를 확인할 수 있을 거예요. 제가 재시험에서 벗어나 온전히 행복하고 자유로운지, 아니면 산산조각이 나 있는지요.

재시험이 다 끝나면 읽을 만한 편지를 쓸게요. 오늘 밤에는 코앞까지 쳐들어온 탈격 독립어구라는 적과 한바탕 전쟁을 치러야 하거든요.

눈코 뜰 새 없이 바쁜
J. A. 올림

3월 26일
키다리 아저씨 스미스 씨께

귀하께서는 제 질문에 단 한 번도 답해주지 않으십니다. 귀하께서는 제가 무슨 일을 하든지 전혀 관심을 주지 않으십니다. 귀하께서는 고아원의 끔찍한 후원 재단 이사들 가운데서도 가장 끔찍한 분이실 겁니다. 귀하께서 저를 교육시키는 것도 저를 조금이라도 아껴서가 아니라 그저 의무감 때문이겠지요.

저는 귀하에 대해 아는 바가 단 하나도 없습니다. 심지어 귀하의 성함조차 모릅니다. 마치 사물에 편지를 보내는 것 같아 맥이 빠지고 쓸 말도 영 떠오르지 않습니다. 분명히 귀하께서는 제 편지를 펼쳐보지도 않고 곧바로 쓰레기통에 던져버리시겠지요. 이제부터는 학업에 대한 이야기만 쓰겠습니다.

라틴 고전과 기하학 재시험은 지난주에 끝났습니다. 두 과목 모두 통과해서 이제는 자유로워졌습니다.

그럼 이만 줄입니다.
제루샤 애벗 배상

4월 2일
키다리 아저씨께

저는 정말 막돼먹은 아이예요.

제가 지난주에 보낸 지독하게 버릇없는 편지는 제발 잊어주세요. 그 편지를 쓰던 밤에는 뼈에 사무칠 정도로 외롭고 비참한데다가 목까지 심하게 아팠거든요. 그때는 잘 모르고 있었는데, 편도선염에다 유행성 독감에다 이것저것 온갖 병에 걸려 있었어요. 지금은 병동에 누워 있어요. 입원한 지 벌써 6일째랍니다. 병원에서는 오늘에서야 드디어 일어나 앉아서 종이와 펜을 쥘 수 있게 허락해줬어요. 수간호사님이 몹시 엄해서 제가 꼼짝도 못 해요. 하지만 병실에 누워 있는 내내 아저씨께 보낸 그 편지 생각을 떨칠 수가 없었어요. 아저씨께서 저를 용서해주실 때까지 병이 낫지 않을 것 같아요.

여기, 지금 제 모습이에요. 붕대를 턱부터 빙 둘러서 감아놓고 머리 꼭대기에 토끼 귀처럼 묶어놨어요.

가여운 마음이 막 솟아나지는 않으시나요? 지금 혀밑샘이 잔뜩 부어 있대요. 그런데 아저씨, 제가 생리학을 일 년 내내 공부했잖아요. 하지만 혀밑샘이라는 말은 여기서 처음 들어봤어요. 공부를 해봤자 하나도 쓸모가 없군요!

편지를 더 쓰기가 어렵네요. 오래 앉아 있으면 몸이 조금 떨리거든요. 감사한 줄도 모르고 예의 없이 굴었던 저를 용서해주세요. 제가 가정교육을 제대로 받지 못해서 그런가 봐요.

사랑을 담아,
주디 애벗 올림

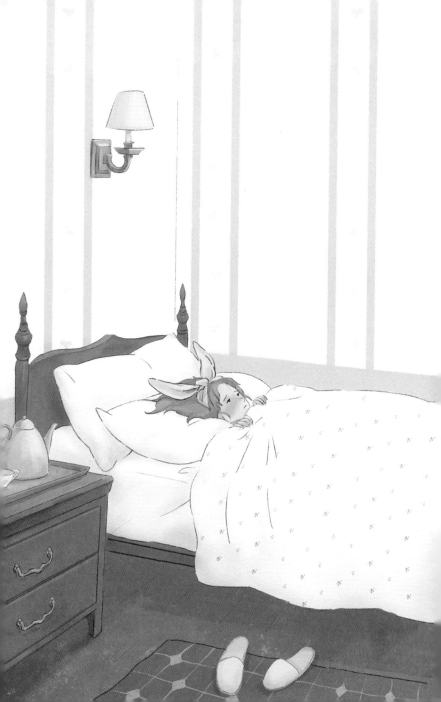

병원에서

4월 4일

세상에서 가장 사랑하는 키다리 아저씨께

어제 어둑어둑하게 어스름이 내릴 무렵, 병실 침대에 앉아 창밖으로 내리는 비를 바라보고 있었어요. 큰 병원에서 지내는 생활이 지긋지긋해서 견딜 수가 없겠다 싶었는데, 간호사가 길고 하얀 상자를 들고 저에게 다가오는 게 아니겠어요? 상자 안에는 세상에서 가장 아름다운 분홍색 장미꽃이 가득했어요. 하지만 훨씬 더 근사했던 건 함께 들어 있던 카드였답니다. 글자 뒷부분이 살짝 올라가는 재미있는 필체로 무척 정중한 안부 인사가 적혀 있었어요.(필체에 글쓴이의 개성이 뚜렷하게 묻어나던걸요.) 고마워요, 아저씨. 천 번, 만 번 감사드려도 부족할 거예요. 아저씨가 보내주신 꽃은 제가 살면서 처음으로 받아본 진실한 선물, 진심이 담긴 선물이었어요. 제가 얼마나 어린애같이 행동했는지 아세요? 너무 행복해서 엎드려 펑펑 울어버렸지 뭐예요.

이제는 아저씨께서 제 편지를 다 읽어보신다는 걸 아니까 훨씬 더 재미있게 쓸 거예요. 그래야 빨간 끈으로 묶어서 금

고에 보관해둘 가치가 있지 않겠어요? 하지만 그 끔찍한 편지 한 통만큼은 불태워주세요. 아저씨가 그 편지를 다시 읽으실 수도 있다는 생각만 해도 몸서리가 나요.

끙끙 앓으며 비참한 마음으로 심통이나 부리던 신입생이 기운을 되찾게 해주셔서 감사합니다, 아저씨. 아저씨는 아마 사랑하는 가족과 친구들이 많을 테니 혼자라는 기분이 어떤지 잘 모르실 거예요. 하지만 전 너무나 잘 알아요.

안녕히 계세요. 다시는 그렇게 고약하게 굴지 않겠다고 약속드려요. 이제는 아저씨가 진짜로 존재하는 사람인 걸 잘 아니까요. 또 아저씨가 귀찮을 정도로 질문을 마구 쏟아내지도 않을게요.

그런데 아저씨는 아직도 여자애들이 싫으신가요?

언제나 아저씨의
주디 올림

월요일 8교시
키다리 아저씨께

　아저씨, 설마 아저씨가 두꺼비를 깔고 앉았던 그 후원 이사님은 아니시겠죠? 두꺼비가 펑 소리를 내며 빵 터져버렸다고 하니까 그 이사님은 훨씬 더 뚱뚱한 분이셨을 거예요.

　아저씨, 존 그리어 고아원의 세탁실 창문 옆에 있는 작은 방공호를 기억하세요? 왜, 그 위로 쇠창살이 덮여 있잖아요. 매년 봄, 두꺼비가 깨어 나올 즈음이면 우리는 두꺼비를 때로 잡아다가 방공호 창살 틈으로 집어넣곤 했답니다. 이따금 거기가 꽉 차면 빠져나온 두꺼비가 세탁실로 기어들어 가곤 했어요. 그러면 빨래하는 날에 한바탕 신나는 소동이 벌어지는 거죠. 세탁실에서 야단법석을 떤다고 호되게 꾸중을 듣고 풀이 죽기도 했지만 그래도 두꺼비 사냥을 절대 포기하지 않았답니다.

　그런데 어느 하루는(음, 아저씨가 지루해하실 수도 있으니까 자세한 내용은 생략할게요.) 어찌 된 영문인지 덩치도 가장 크고 살집도 통통하고 끈적끈적하기까지 한 두꺼비 한 마리가 이 사회실에 있는 커다란 가죽 의자에 올라가 앉은 거예요. 그리고 하필 그날 오후에 열린 이사 회의에서 그만…. 아저씨도 분명히 그 자리에 계셨을 테니, 나머지는 제가 말씀드리지 않아도 다 아시겠죠?

시간이 꽤 흘러서 냉철한 마음으로 되돌아보니 벌을 받을 만한 일이었던 것 같아요. 제 기억이 맞다면 벌도 적절했고요.

왜 이런 추억에 잠기는지 잘 모르겠어요. 아마 봄이 찾아와서 두꺼비가 보이기 시작하니까 잡아서 모으고 싶은 오랜 본능이 꿈틀대나 봐요. 하지만 이제는 두꺼비를 잡지 않아요. 그 이유는 단 하나, 두꺼비를 잡아서는 안 된다는 규칙이 없기 때문이랍니다.

목요일, 예배를 마치고

제가 가장 좋아하는 책이 뭔지 아세요? 그러니까, 지금 현재 말이에요. 사흘마다 제일 좋아하는 책이 바뀌거든요. 지금은 《폭풍의 언덕》이 제일 좋아요. 찾아보니까 에밀리 브론테는 아주 젊은 나이에 이 소설을 썼더라고요. 게다가 하워스 교회 경내 바깥으로 나가본 일도 없고 평생 남자를 만나본 적도 없대요. 그런데 도대체 어떻게 히스클리프 같은 남자를 상상해낼 수 있었을까요?

저라면 못 했을 거예요. 저도 아주 젊은 나이고, 또 존 그리어 고아원 바깥으로는 나가본 적도 없었으니 조건이 같은 셈이잖아요. 가끔 제가 천재가 아니라고 생각하면 무시무시한 공포감이 덮쳐와요. 만약 제가 위대한 작가로 성장하지 못한다면 아저씨는 많이 실망하실까요? 새싹이 움트고 주위가 온통 연둣빛으로 물드는 아름다운 봄날이 찾아오니까 수업 따위 모두 제쳐두고 달려나가서 봄기운을 마음껏 즐기고 싶어요. 들판에 신나는 일들이 얼마나 많이 펼쳐져 있는데요! 소설을 쓰며 사는 삶보다 소설처럼 살아가는 삶이 훨씬 더 재미있을 거예요.

아악!!!!!!

방금 제가 내지른 이 비명 때문에 샐리와 줄리아, (시끄러운 소리에 왈칵 짜증이 솟구친) 4학년 선배가 복도 건너편 방에서 달려왔어요. 이렇게 생긴 지네 때문에 괴성을 지른 거예요. 실제 모습은 훨씬 더 징그러워요.

제가 조금 전에 막 문장 하나를 다 쓰고 무슨 말을 더 쓸까 생각하고 있는데 갑자기 뭔가 툭! 하는 거예요! 천장에서 지네가 떨어져서 제 바로 옆에 착지한 거죠. 허둥지둥 도망가려다가 티 테이블 위에 있던 컵 두 개를 그만 엎질러버렸답니다. 샐리가 와서 제 머리빗 뒷면으로 힘껏 지네를 내리쳤는데(이제 다시는 그 빗을 못 쓸 거예요.) 지네가 앞부분만 죽고 뒤에 달린 나머지 다리 쉰 개로 도망치더니 서랍장 아래로 쑥 들어 가버렸어요.

이 기숙사 탑이 엄청나게 오래된 건물인 데다가 벽이 담쟁이덩굴로 뒤덮여 있거든요. 그래서 지네가 우글우글해요. 정말 소름 끼치게 무시무시한 생물이죠. 차라리 침대 밑에 호랑이가 있는 게 낫겠어요.

금요일, 밤 9시 30분

오늘은 아주 엉망진창이었어요! 아침에 기상 종소리를 못 들어서 늦잠을 자버렸거든요. 허겁지겁 옷을 챙겨 입는데 구두끈이 끊어지더니 셔츠 칼라의 단추마저 똑 떨어지는 거예

요. 그러다가 아침 식사에 늦고 첫 수업에도 지각해버렸죠.
깜박하고 잉크를 닦아낼 압지를 단 한 장도 안 챙겼는데 하
필 만년필이 줄줄 새더라고요. 또 삼각법 시간에는 별것 아
닌 로그 문제를 두고 교수님과 의견 충돌이 있었어요. 나중
에 찾아보니까 교수님이 옳았더라고요. 점심 메뉴로는 양고
기 스튜와 루바브(마디풀과에 속하는 여러해살이 식물로 통통한
줄기를 파이나 디저트 재료로 이용함-옮긴이) 요리가 나왔거든
요. 그런데 저는 둘 다 끔찍하게 싫어한단 말이에요. 꼭 고아
원에서 먹던 맛이 나서요. 게다가 우편함은 오로지 청구서로
빼곡했고요.(하긴, 제가 청구서 말고 무슨 우편물을 받겠어요? 우리
가족은 편지를 안 쓰잖아요.) 오후에는 영문학 강의에 들어갔다
가 생각지도 못한 수업을 받았어요. 자, 아저씨도 한 번 읽어
보세요.

　다른 것은 전혀 청하지 않았고
　다른 것은 거절당하지 않았다네.
　그 대가로 목숨을 내어드리겠다고 하니,
　전능한 상인은 미소를 지었네.

브라질? 그는 단추만 만지작거렸네

내 쪽으로는 눈길조차 주지 않고서.

하지만 부인, 우리가 오늘 보여드릴 것이

정녕 없다는 말입니까?

이게 시래요. 누가 썼는지도, 무슨 뜻인지도 모르겠어요. 우리가 교실에 들어가니까 그냥 칠판에 적혀 있었어요. 그러더니 교수님이 대뜸 우리보고 시를 비평해보라는 거예요. 첫 번째 연을 읽었을 때는 제 나름대로 의미를 알겠다 싶었죠. 전능한 상인은 고결한 행동에 축복을 내리는 신이라고 생각했거든요. 하지만 두 번째 연에서 상인이 단추를 만지작거린다는 시구를 읽고 나니까 제 해석이 신성을 모독하는 것 같길래 급히 생각을 바꿨어요. 다른 학생도 모두 시를 해석하느라 저처럼 쩔쩔맸어요. 우리는 텅 빈 백지를 앞에 두고 머릿속도 텅 빈 상태로 45분이나 앉아 있었어요. 교육을 받는다는 건 지독하게도 고달픈 일이네요!

하지만 이게 다가 아니에요. 더 끔찍한 일이 기다리고 있다고요.

비가 내리는 바람에 골프를 칠 수 없어서 체육관 안으로 들어갔거든요. 그런데 제 옆에 서 있던 애가 체조용 곤봉으로 제 팔꿈치를 후려갈기지 뭐예요. 기숙사로 돌아왔더니 봄에 입으려고 새로 산 푸른 원피스 소포가 도착해 있었어요. 그런데 치마가 너무 꽉 껴서 입고 앉을 수도 없을 지경인 거예요. 그리고 금요일은 청소하는 날인데요, 청소부 아주머니가 제 책상에 있던 종이를 모조리 제멋대로 뒤섞어놨더라고요. 게다가 디저트는 무슨 묘비를 씹는 것 같았고요.(우유와 젤라틴에 바닐라 향을 섞어서 만든 거였어요.) 또 여자다운 여자에 관한 설교를 듣느라 평소보다 20분이나 더 예배당에 붙잡혀 있어야 했죠. 이 모든 소동 끝에 겨우 한숨을 돌리고 앉아서 느긋하게《여인의 초상》을 읽으려고 했거든요. 그런데 말이죠, 허여멀건 얼굴에 머리는 달려 있나 싶을 정도로 지독하게 멍청한 애컬리라는 애가 있어요. 이름이 A로 시작한다는 이유로 라틴 고전 시간에 제 옆에 앉는 앤데(리펫 원장님이 제 성을 알파벳 마지막 글자 Z로 시작하는 '자브리스키'로 고르셨다면 얼마나 좋았을까요.), 다음 월요일 강의가 69단락에서 시작하는지 70단락에서 시작하는지 물어보러 와놓고는 한 시간이나 꼬박 눌러앉아 있는 거예요. 조금 전에야 돌아갔답니다.

　이렇게 기운 빠지는 일만 줄줄이 일어나는 걸 본 적이 있으세요? 살면서 훌륭한 인격이 필요한 때는 커다란 곤경에 부딪혔을 때가 아니에요. 심각한 위기가 닥치면 누구든 용감하게 일어나서 참담한 비극에 맞설 수 있어요. 하지만 일상에서 맞닥뜨리는 사소한 불행을 웃어넘기려는 그때야말로 진짜로 정신력이 필요하죠.

저도 그런 정신력을 기르려고요. 인생이란 최대한 능수능란하고 정정당당하게 승부해야 하는 게임일 뿐이라고 생각할 거예요. 그래서 만약 제가 지더라도 어깨 한 번 으쓱하고 그냥 웃어넘길 거예요. 이기더라도 마찬가지고요.

어쨌든 저는 사소한 일에 얽매이지 않는 대범한 사람이 될 거예요. 그러니까, 사랑하는 아저씨, 줄리아가 실크 스타킹을 신는다고, 벽에서 지네가 떨어진다고 두 번 다시 불평하지 않을 거예요.

언제나 아저씨의
주디 올림

얼른 답장해주세요.

키다리 아저씨 귀하

존경하는 선생님, 방금 리펫 원장님에게서 서신을 한 통 받았습니다. 원장님은 제가 올바르게 처신하고 학업에 매진하기를 바라십니다. 제가 여름 방학에 딱히 갈 곳이 없을 테니, 고아원으로 돌아와서 일을 거들면 개강할 때까지 머물 수 있게 해주신다고 합니다.

저는 존 그리어 고아원이 싫습니다.

고아원에 돌아가느니 차라리 죽겠습니다.

언제나 귀하의 믿음직한
제루샤 애벗 올림

사랑하는 키다리 아저씨께

아저씨는 정말로 든든한 분이세요!

농장 이야기를 듣고 뛸 듯이 기뻤어요. 저는 태어나서 단

한 번도 농장에 가본 적이 없거든요. 게다가 존 그리어 고아원으로 돌아가서 여름 내내 설거지나 하는 건 죽기보다도 싫었어요. 고아원으로 돌아갔다가는 끔찍한 사고를 칠지도 몰라요. 제가 예전의 겸손함을 모조리 잃은 지 오래되어서 고아원의 컵과 컵 받침을 죄다 깨뜨려버릴 것만 같거든요.

편지가 짧은 걸 이해해주세요, 아저씨. 새 소식을 더 전해드리고 싶지만 지금 프랑스어 수업 중이에요. 교수님이 당장이라도 저를 부르실 것 같아요.

진짜로 방금 절 부르셨어요!

안녕히 계세요.
아저씨를 너무나 사랑하는 주디 올림

5월 30일

키다리 아저씨께

아저씨는 우리 학교 교정을 보신 적이 있나요? (사실, 이 질문은 그저 편지글에 멋을 부려 보려고 쓴 거니까 신경 쓰지 않으셔도 괜찮아요.) 5월의 교정은 천국이 따로 없어요. 관목마다 꽃이 탐스럽게 피어 있고, 나무는 온통 신록으로 물들어서 감탄이 절로 나오게 아름답죠. 심지어 오래 묵은 소나무마저 파릇파릇하고 싱그러워 보여요. 또 노란 민들레와 여학생들이 입은 파란색, 흰색, 분홍색 원피스가 푸른 잔디밭을 점점이 수놓고 있답니다. 다들 근심 걱정 없이 느긋하고 쾌활해요. 방학이 다가오고 있거든요. 방학을 기대하느라 시험 따위는 안중에도 없죠.

이런 곳에 있으면 정말로 행복하지 않겠어요? 아, 아저씨! 저는 이곳에서도 가장 행복한 사람이랍니다! 더는 고아원에 있지 않으니까요. 이제는 온종일 아이들 뒤치다꺼리를 할 필요도 없고, 누가 불러주는 말을 타자기로 받아쓸 필요도 없고, 회계 장부 정리를 도맡아 할 필요도 없어요.(아저씨가 아니었다면 계속 그러고 있어야 했겠죠)

예전에 저질렀던 잘못을 모두 반성합니다.

리펫 원장님에게 버릇없이 굴었던 것을 반성합니다.

프레디 퍼킨스를 때렸던 것을 반성합니다.

설탕 통에 소금을 채운 일을 반성합니다.

후원 재단 이사님들 뒤에서 얼굴을 찌푸렸던 것을 반성합니다.

이제는 누구에게나 착하고 친절하고 다정한 사람이 될 거예요. 왜냐면 저는 너무나 행복한 사람이니까요. 그리고 이번여름 방학에는 글을 쓰고 또 쓰고 또 써서 위대한 작가로 발돋움할 거예요. 포부가 참 당차지 않나요? 아저씨, 저는 요즘 훌륭한 성품을 기르고 있어요! 제 품성은 서리가 내리는 추운 날씨에는 조금 풀이 죽어 움츠러들지만, 햇빛이 반짝반짝 빛나면 쑥쑥 자란답니다.

누구나 마찬가지일 거예요. 저는 역경과 슬픔과 절망이 정신력을 키워준다는 의견에 동의하지 않아요. 행복한 사람은 온정이 넘치는 사람이에요. 저는 인간 혐오자를 믿지 않는답니다.(인간 혐오라니, 멋진 단어예요! 방금 막 배웠답니다.) 설마 아저씨는 인간 혐오자가 아니시겠죠?

편지 서두에 학교 풍경이 어떤지 말씀드렸었죠? 아저씨께서 잠시라도 이곳에 들르셨으면 좋겠어요. 그러면 제가 함께 교정을 거닐면서 안내해드릴 수 있을 텐데요. "저 건물이 도서관이에요. 여기는 보일러실이고요, 아저씨. 왼편에 있는 고딕 양식 건물이 바로 체육관이에요. 그 옆에 튜더 로마네스크 양식으로 지은 건물은 새로 들어선 병동이랍니다."

아, 저는 사람들에게 이곳저곳 안내하는 일을 참 잘한답니다. 고아원에서 늘 하던 일인걸요. 여기에서도 온종일 안내한 적이 있어요. 정말이에요.

그것도 남자분을 안내했다고요!

무척 근사한 경험이었어요. 지금까지는 남자분과 대화해본 적이 없었거든요.(어쩌다가 후원 재단 이사님과 말 몇 마디를 나눈 건 빼고요. 이건 대화라고 할 수 없잖아요.) 죄송해요, 아저씨. 재단 이사님들을 흉보면서 아저씨의 마음을 상하게 할 생각은 없어요. 저는 아저씨가 그분들과 전혀 다르다고 생각하거든요. 아저씨는 어쩌다가 우연히 후원 재단 이사회에 들어오신 거겠죠. 보통 이사님들은 뚱뚱하고 거드름을 피우면서 자비를 베푸는 듯 행동하세요. 금 시곗줄을 늘어뜨리고서 아이들 머리를 쓰다듬어주시죠.

후원 이사님의 모습을 그려봤더니 꼭 왕풍뎅이 같네요. 물

론 아저씨를 제외한 다른 이사
님들이 그렇다는 거예요.

어쨌거나 하던 얘기를 마저
할게요.

얼마 전에 남자분이랑 함께
산책도 하고 대화도 나누고 차
도 마셨어요. 그것도 굉장히
훌륭한 신사분과 함께요. 바로
줄리아네 가문의 저비스 펜들

턴 씨였죠. 짧게 소개하자면 줄리아의 삼촌이세요.(길게 소개
한다고 말씀드려야 할 것 같네요, 이분도 아저씨만큼 키가 크시거든
요.) 사업 때문에 이곳에 오신 김에 잠깐 조카를 보려고 대학
에 들리셨대요. 줄리아 아버지의 막냇동생이라는데, 정작 줄
리아는 막내 삼촌과 서먹서먹한 사이지 뭐예요. 그분이 아무
래도 줄리아가 아기일 때 힐끗 보고는 마음에 들지 않아서
거들떠보지도 않으신 모양이에요.

어쨌든, 그분은 기숙사 응접실에 앉아서 기다리고 계셨어
요. 모자와 지팡이, 장갑을 곁에 가지런히 놓아두고 계시더라
고요. 그런데 줄리아와 샐리가 7교시 수업을 빠질 수 없는 상

황이었거든요. 그래서 줄리아가 제 방으로 황급히 달려와서 자기 삼촌께 교정을 구경시켜드리고 7교시가 끝나면 모시고 와 달라고 애원했어요. 저는 그다지 내키지 않아서 마지못해 그러겠다고 했죠. 줄리아 그 애 때문에 펜들턴 가문 사람이 라면 다 별로였거든요.

그런데 줄리아네 삼촌은 다정한 아기 양 같은 분이시더라 고요. 인간미가 넘치시던걸요. 펜들턴 가문이라고는 생각지 도 못할 정도로요. 우리는 아주 즐겁게 시간을 보냈답니다. 그 이후로 제게도 삼촌이 생겼으면 하고 애타게 바라고 있어 요. 아저씨, 제 삼촌인 척해주실래요? 할머니보다 삼촌이 있 는 편이 훨씬 더 좋겠어요.

아저씨, 저비스 펜들턴 씨를 보며 20년 전 아저씨 모습을 떠올렸어요. 제가 아저씨를 좀 알잖아요. 물론 우리는 한 번 도 만난 적 없지만요!

그분은 키가 크고 호리호리하세요. 주름이 진 얼굴은 가무 잡잡하고요. 은근한 미소가 입가에 슬며시 배어 나오는데, 만 면에 가득한 웃음은 아니지만 정말 유쾌했어요. 그날 처음 만났는데도 오랫동안 알고 지낸 사람처럼 편안하게 느낄 수 있는 분이셨답니다. 무척 다정하셨어요.

우리는 안뜰에서부터 운동장까지 캠퍼스를 구석구석 돌아봤어요. 그러고 나니까 그분이 피곤해서 차를 마셔야겠다고 말씀하셨어요. '칼리지 인'이라는 찻집으로 가자고 먼저 제안도 해주셨죠. 거기는 소나무 오솔길을 따라서 캠퍼스를 나서자마자 있는 곳이랍니다. 제가 줄리아와 샐리에게 돌아가야 하지 않냐고 여쭤보니까 그분은 조카가 차를 너무 많이 마시면 안 된다고 말씀하셨어요. 많이 마시면 애가 신경질을 부린다나요. 그래서 우리 두 사람만 찻집으로 갔죠. 발코니에 있는 예쁘고 조그마한 테이블에 앉아서 차를 마시며 마멀레이드를 곁들인 머핀에 아이스크림에 케이크까지 먹었답니다. 월말이라 다들 용돈이 바닥났는지 때마침 그날 찻집은 꽤 한산했어요.

시간 가는 줄도 모를 정도로 즐거웠어요! 그런데 우리가 학교로 너무 늦게 돌아온 바람에 그분은 줄리아를 보는 둥 마는 둥 하고 곧바로 기차를 타러 떠나셨답니다. 줄리아는 제가 삼촌을 뺏어갔다며 길길이 날뛰었어요. 그분이 대단한 부자에다 멋진 삼촌이라서 그랬겠죠. 그분이 부자라는 말을 듣고 마음이 놓였어요. 찻집에서 우리가 이것저것 시켜 먹었던 게 각자 60센트씩이나 나왔거든요.

오늘 아침에(오늘은 월요일이에요.) 줄리아와 샐리와 제 앞으로 초콜릿 상자가 속달로 도착했어요. 어떻게 생각하세요, 아저씨? 제가 남자한테서 초콜릿을 선물 받았다니까요!

이제 저도 더는 고아가 아니라 아가씨가 된 기분이에요.

언젠가 아저씨도 우리 학교에 오셔서 함께 차를 마셨으면 좋겠어요. 아저씨도 제가 좋아할 만한 분인지도 알고 싶어요. 만약 아저씨를 만났는데 호감이 생기지 않으면 너무 끔찍하지 않을까요? 하지만 저는 아저씨를 좋아하게 될 거예요. 제가 잘 압니다.

이만 인사드릴게요.

"Jamais je ne t'oublierai." *(당신을 절대 잊지 않을게요.)*
주디 올림

추신. 오늘 아침에 거울을 들여다봤는데 전에 없었던 보조개가 새로 생겼어요. 정말 신기한 일이에요. 어떻게 생겨난 걸까요?

6월 9일
키다리 아저씨께

너무너무 행복한 날이에요! 방금 막 마지막 시험인 생리학 시험을 끝냈답니다. 그래서 이제 어떻게 되냐고요?

석 달 동안 농장 생활이 펼쳐질 거랍니다!

저는 농장이 어떤 곳인지 전혀 몰라요. 살면서 한 번도 농장에 가본 적이 없거든요. 심지어 농장을 본 적도 없어요.(차창 너머로 빼꼼 본 건 빼고요.) 하지만 제가 농장에 푹 빠지게 될 거란 사실은 알아요. 자유로운 생활을 마음껏 즐기리라는 것도요.

아직도 존 그리어 고아원을 벗어나서 산다는 게 새삼스럽게 놀라울 때가 있어요. 고아원을 떠올릴 때면 등줄기에 소름이 쫙 돈는답니다. 등 뒤에서 리펫 원장님이 저를 잡으려고 두 팔을 쭉 뻗고 쫓아오지 않는지 늘 어깨너머를 돌아보면서 더 빨리, 더 빨리 달려야 하는 기분이에요.

올여름에는 아무도 신경 쓰지 않아도 되겠죠?

아저씨의 이름뿐인 권위는 조금도 신경 쓰이지 않는답니다. 아저씨는 너무 멀리 떨어져 계셔서 제가 뭘 하든 막으실 수 없으니까요. 리펫 원장님은 이제 저에게는 영원히 죽은 사람이나 다름없어요. 설마 셈플 씨 부부가 저의 행실을 감시하지는 않겠죠? 분명히 그럴 일은 없을 거예요. 저도 이제 다 큰 어른이잖아요. 만세!

이제 펜을 놓고 짐을 싸야겠어요. 찻주전자와 접시, 소파 쿠션과 책이 세 상자나 되거든요.

언제나 아저씨의
주디 올림

추신. 방금 친 생리학 시험지를 같이 보내드려요. 아저씨라면 시험에 통과할 것 같으세요?

록 윌로우 농장에서

토요일 밤

사랑하는 키다리 아저씨께

이제 막 농장에 도착해서 짐도 풀지 않았어요. 하지만 농장이 얼마나 마음에 드는지 아저씨께 당장 말씀드리고 싶어서 도저히 참을 수가 없었어요. 여기는 정말이지 천국, 천국, 천국 같아요! 집은 이렇게 네모난 모양이랍니다.

그리고 낡았어요. 한 백 년쯤은 됐을 거예요. 그림에서는 안 보이는 반대편에 베란다가 나 있고요, 앞쪽에는 멋들어진 현관도 있답니다. 그림으로는 이 멋진 모습을 다 담아낼 수가 없네요. 깃털로 만든 먼지떨이처럼 보이는 건 단풍나무예요. 차도를 따라 늘어선 뾰족뾰족한 것들은 스치는 바람에 소곤소곤하는 소나무와 솔송나무고요. 집이 야트막한 구릉 꼭대기에 서 있어서 몇 킬로미터나 펼쳐진 푸른 초원과 멀리

뻗어 나가는 다른 산줄기까지 훤히 눈에 들어온답니다.

코네티컷주는 산등성이가 굽이치는 물결 모양으로 죽 뻗어 있죠. 록 월로우 농장은 그 물결의 꼭대기 한 곳에 자리 잡았고요. 원래 길 건너편에 헛간이 여러 채 서 있어서 전망을 다 가렸대요. 그런데 어느 날 하늘에서 번갯불이 내리쳐서 고맙게도 헛간을 전부 불태워버렸다지 뭐예요.

농장에는 셈플 씨 부부와 여자 일꾼 한 명, 남자 일꾼 두명이 있어요. 일꾼들은 부엌에서 식사하고요, 셈플 씨 부부와 저는 식당에서 식사한답니다. 저녁으로 햄과 달걀, 비스킷과 꿀, 젤리 케이크와 파이, 피클과 치즈를 먹고 차를 마셨어요. 엄청나게 많이 먹은 만큼 대화도 엄청나게 많이 나눴죠. 살면서 그렇게 다른 사람을 웃겼던 적은 처음이었어요. 제가 입을 열 때마다 셈플 씨 부부가 깔깔대며 웃지 뭐예요. 아무래도 제가 시골에 처음 와서 그런지 하는 질문마다 하나같이 다 무지했나 봐요.

참, 그림에서 X표시한 방은 살인 사건이 벌어진 현장이 아니라 제가 묵는 방이에요. 아무도 쓰지 않는 방이었는데, 네모나고 널찍한 데다 멋스럽고 고풍스러운 가구도 있어요. 창문은 계속 열어두려면 막대기로 받쳐야 하고요, 금색 테두리

장식이 들어간 초록색 차양은 손만 슬쩍 갖다 대도 툭 떨어진답니다. 또 커다란 사각 마호가니 테이블도 있어요. 올여름 내내 이 테이블에 팔꿈치를 얹고 소설을 쓸 생각이에요.

아, 아저씨, 정말 신나요! 농장을 샅샅이 탐험해보고 싶어서 아침이 밝을 때까지 도저히 못 기다리겠어요. 이제 밤 여덟 시 반이거든요. 그래도 촛불을 후 불어서 _끄고_ 누워서 잠을 청해볼게요. 여기서는 새벽 다섯 시에 일어난대요. 아저씨도 이렇게 재미나게 생활해보신 적이 있나요? 이게 진짜 주디의 삶이 맞는지 도무지 믿기지 않아요. 아저씨와 하나님은 저에게 과분하게 베풀어주셨어요. 반드시 아주, 아주, 아주 훌륭한 사람이 되어서 이 은혜에 보답할게요. 꼭 그럴 거예요. 지켜봐 주세요, 아저씨.

안녕히 주무세요.
_주디 올림_

_추신._ 아저씨도 개구리가 개굴개굴 노래하고 아기 돼지가 꽥꽥 우는 소리를 들어보셔야 해요. 저 초승달도 꼭 보셔야 하고요! 저는 제 오른쪽 어깨너머로 봤답니다.

7월 12일

키다리 아저씨께

아저씨의 비서분은 어떻게 록 윌로우 농장을 아셨을까요?
(이건 기교를 부리려고 쓴 질문이 아니에요. 정말로 궁금해서 미치겠
어요.) 제 말을 한 번 들어보세요. 원래 이 농장 주인은 바로
저비스 펜들턴 씨였는데, 그분이 어릴 적 보모였던 셈플 부
인에게 농장을 준 거래요. 이렇게 신기한 우연을 보신 적이
있나요? 셈플 부인은 아직도 그분을 '저비 도련님'이라고 부
르면서 어렸을 때 얼마나 착하고 귀여웠는지 늘 말씀하신답
니다. 그분이 아기였을 때 자른 곱슬곱슬한 머리카락을 아직
도 상자에 보관하고 계시던걸요. 빨강 머리더라고요. 아니,
빨간색까지는 아니고 불그스름한 빛이 감돌았어요!

제가 저비스 펜들턴 씨와 아는 사이라니까 셈플 부인이 저
를 굉장히 좋게 보시더라고요. 록 윌로우에서는 펜들턴 가문
사람을 알면 최고로 대접을 받을 수 있답니다. 그 가운데서
도 가장 중요한 인물은 저비 도련님이시고요. 여기서 줄리아
는 그리 높이 쳐주지 않는다니 무척 고소하네요.

농장 생활은 갈수록 재미있어요. 어제는 건초를 실어 나르

는 마차에 타봤답니다. 여기에는 어미 돼지 세 마리랑 아기 돼지 아홉 마리가 있는데 아저씨한테도 돼지들이 먹는 모습을 꼭 보여드리고 싶어요. 정말 돼지같이 먹는다니까요! 자그마한 병아리랑 닭이랑 오리랑 칠면조랑 뿔닭도 셀 수 없이 많아서 바다를 이룰 정도예요. 이런 농장에서 살 수 있는데 굳이 도시에서 살겠다는 사람이 있다면 정말로 정신이 나간 거예요.

여기서 제 일과는 달걀을 모으는 거랍니다. 어제는 헛간 다락에 올라가서 까만 암탉이 알을 숨겨둔 둥지로 슬금슬금 기어가다가 그만 대들보에서 떨어졌어요. 그러는 바람에 무릎이 까졌는데 셈플 부인이 하마멜리스 잎사귀로 상처를 감싸서 묶어주시며 계속 중얼거리시는 거예요. "세상에! 세상에! 저비 도련님이 바로 그 대들보에서 떨어져서 똑같이 무릎을 다친 게 엊그제 같은데."

이곳을 둘러싼 풍경은 더할 나위 없이 아름다워요. 강도 있고, 계곡도 있고, 나무가 울창하게 우거진 숲도 많답니다. 저 멀리 우뚝 솟아 있는 푸른 산은 입안에서 사르르 녹을 것만 같고요.

록 윌로우에서는 일주일에 두 번씩 버터도 만들어요. 버터가 완성되면 졸졸 흐르는 개울물 위에 돌로 지은 저장고에 보관한답니다. 이웃 농부들 가운데는 유크림 분리기를 사용하는 사람도 더러 있나 봐요. 하지만 셈플 씨는 전통적인 방식을 고집하신답니다. 냄비에서 우유를 휘저어 유크림을 분리하려면 품이 좀 더 많이 들지만, 그래도 그만큼 수고할 가치가 있거든요. 송아지는 모두 여섯 마리가 있는데요, 제가 한 마리씩 이름을 붙여줬어요.

1. 실비아: 이 송아지가 숲에서 태어났거든요. 이름의 어원인 '실바'가 숲이라는 뜻이니까요.

2. 레스비아: 고대 로마의 시인 카툴루스가 쓴 시에 나오는 여인의 이름을 땄어요.

3. 샐리

4. 줄리아: 별다른 특징이 없는 점박이 송아지예요.

5. 주디: 제 이름을 딴 거죠.

6. 키다리 아저씨: 기분이 상하신 건 아니겠죠, 아저씨? 이 송아지는 순종 저지종이에요. 아주 얌전하고 온순하답니다. 제가 그림을 한 번 그려봤어요. 어때요? 이름이 아주 잘 어울리죠?

시간이 없어서 불후의 명작으로 남을 소설 집필에는 손도 대지 못하고 있어요. 농장 일이 어지간히 바빠야죠.

영원히 아저씨의
주디 올림

추신 1. 도넛 만드는 법도 배웠어요.

추신 2. 혹시 닭을 키워볼까 하신다면 버프 오핑턴종을 추천해요. 이 종은 솜털이 하나도 없거든요.

추신 3. 제가 어제 만든 맛좋고 신선한 버터 한 덩이를 아저씨께 보내드릴 수 있다면 얼마나 좋을까요. 저도 이제 어엿한 농장 아가씨랍니다!

추신 4. 이건 미래의 대문호 제루샤 애벗 양의 모습이에요. 소를 몰고 집으로 돌아가고 있죠.

일요일

키다리 아저씨께

재미난 일 알려드릴까요? 어제 오후에 아저씨께 편지를 쓰
려고 앉았거든요. 그런데 '키다리 아저씨께'라고 첫머리를 쓰
고 났더니 저녁상에 올릴 블랙베리를 좀 따오겠다고 한 약속
이 문득 생각나더라고요. 그래서 편지지를 테이블 위에 그대
로 둔 채 블랙베리를 따러 나갔죠. 그리고 오늘 편지를 마저
쓰려고 테이블 앞에 앉았다가 종이 한가운데서 뭘 발견했게
요? 진짜 키다리 아저씨요! 장님거미 말이에요!

거미 다리 하나를 살짝 집어 올려서 창밖에 내려줬답니다.
장님거미는 한 마리도 해치고 싶지 않아요. 장님거미를 보면
아저씨가 생각나거든요.

오늘 아침에는 사륜 짐마차를 타고 읍내에 있는 교회에 갔
답니다. 흰색 골조에 뾰족탑 하나
와 정면의 도리스식 기둥 세 개를
품은 아담한 건물이었어요.(도리스
식이 아니라 이오니아식일 수도 있어요.
저는 이 두 양식이 늘 헷갈려요.)

잠을 부르는 느릿하고 나른한 설교에 모두가 종려나뭇잎 부채를 설렁설렁 흔들면서 꾸벅꾸벅 졸았지 뭐예요. 목사님의 설교 말고 들려오는 소리라고는 교회 바깥 나무에 달라붙은 매미가 맴맴 우는 소리뿐이었답니다. 저도 잠결에 빠져 있다가 정신을 차려보니 어느새 제가 일어서서 찬송가를 부르고 있지 않겠어요? 찬송가를 부르다가 문득 설교를 놓친 것이 너무나 유감스럽게 느껴졌어요. 그날 찬송가를 고른 사람이 도대체 무슨 마음으로 그런 노래를 골랐나 더욱더 궁금해졌거든요. 가사를 알려드릴게요.

오라, 세속의 쾌락을 모두 버리고

나와 함께 천상의 환희를 누리자.

그렇지 않으면 친구여, 긴 이별만 있을 뿐.

그대가 지옥으로 가라앉게 내버려 두리.

셈플 씨 부부와 종교 얘기를 나누는 건 현명하지 못한 처사였어요. 그분들이 믿는 하나님은 편협하고, 비합리적이고, 불공평하고, 비열한 데다 복수심에 불타는 고집불통이거든요.(아주 먼 청교도 조상에게서 이런 하나님을 고스란히 물려받았겠

죠.) 저는 누구에게서도 하나님을 물려받지 않았으니 천만다
행이죠. 제가 바라는 대로 자유롭게 하나님을 만들어낼 수
있잖아요. 제가 믿는 하나님은 친절하고, 동정심도 많고, 상
상력도 풍부하고, 자비롭고, 이해심도 많답니다. 게다가 유머
감각까지 갖추셨다고요.

물론 저는 셈플 씨 부부가 말로 다 할 수 없을 만큼 좋아
요. 교리에만 머물지 않고 실천하시는 분들이거든요. 그분들
이 믿는 하나님보다 훨씬 좋은 분들이시죠. 그런데 그렇게
말씀드렸더니 아연실색하며 당황하셨어요. 신을 모독한다고
생각하시더라고요. 하지만 제가 보기에는 오히려 그분들이
모독하는 것 같은걸요! 어쨌거나 다시는 종교 얘기를 꺼내지
않기로 했어요.

지금은 일요일 오후랍니다.

방금 막 애머사이(농장의 남자 일꾼)가 보라색 넥타이와 노
르스름한 사슴 가죽 장갑으로 꾸미고 말쑥하게 면도까지 한
채 몹시 상기된 얼굴로 마차에 캐리(농장의 여자 일꾼)를 태워
서 나갔어요. 캐리는 푸른 모슬린 드레스를 입고 빨간 장미
를 두른 커다란 모자를 썼죠. 머리카락은 최대한 곱슬곱슬하
고 탱글탱글하게 말았고요. 애머사이는 오늘 아침 내내 정성

스럽게 마차를 닦았어요. 캐리는 저녁 식사를 준비해야 한답시고 교회에 가지 않고 집에 남았는데 사실은 모슬린 드레스를 다림질하려고 그랬던 거죠.

2분 안에 이 편지를 다 쓰고 다락에서 찾아낸 책을 읽을 거예요.《길 위에서》라는 책인데, 제일 앞장에 어린아이가 쓴 장난스러운 글이 삐뚤삐뚤하게 적혀 있어요.

저비스 펜들턴의 책입니다.
만약 이 책이 아무 데나 돌아다니고 있다면,
뺨을 찰싹 때려서 집으로 돌려보내 주세요.

펜들턴 씨가 열한 살 무렵인가 크게 앓아서 이곳으로 와서 여름을 보낸 적이 있대요. 그때 여기에《길 위에서》를 두고 갔나 봐요. 책에 때 묻은 조막만 한 손자국이 꽤 많이 묻어 있는 걸 보니 열심히 읽은 모양이에요! 다락방 구석에서 물레바퀴와 바람개비, 활과 화살도 찾아냈답니다. 셈플 부인이 저비 도련님 이야기를 하도 자주 해서 이제는 그분이 정말로 여기에 사는 것 같아요. 실크 모자를 쓰고 지팡이를 든 신사가 아니라, 흙장난을 치느라 꼬질꼬질해지고 머리카락은 다

헝클어진 귀여운 소년으로 말이에요. 방충망을 열어젖히고 우당탕 계단을 뛰어다니면서 쿠키를 달라고 졸라댔겠죠.(당연히 셈플 부인은 늘 쿠키를 주셨을 거예요!) 저비 도련님은 모험심이 대단했던 꼬마였나 봐요. 용감하고 정직하기까지 하고요. 그런 분이 펜들턴 가문 사람이라니 괜히 안타까워요. 그분이라면 더 괜찮은 집안이 어울릴 텐데 말이죠.

　내일부터는 귀리를 타작할 거랍니다. 증기기관 탈곡기도 들여오고 일꾼도 세 명이나 더 부른대요.

　버터컵(레스비아의 엄마인 외뿔 얼룩소예요.)이 말썽부린 일을 알려드리려니 마음이 몹시 쓰라리네요. 버터컵이 금요일 저녁에 과수원으로 들어가서 나무 밑에 떨어진 사과를 죄다 먹어 치웠어요. 먹고 또 먹어서 목구멍까지 사과가 찰 정도로요. 그러더니 곤드레만드레 취해서 꼬박 이틀을 곯아떨어졌다니까요! 정말 틀림없는 사실이에요. 이렇게 남부끄러운 일을 들어보신 적 있으세요?

언제나 귀하의
사랑스러운 고아로 남을
주디 애벗 올림

추신. 1장은 인디언 이야기이고, 2장은 노상강도 이야기예요. 흥미진진해서 숨을 죽이며 읽고 있어요. 도대체 3장에는 무슨 이야기가 담겨 있을까요? "붉은 매가 공중으로 6미터나 솟구쳐 오르더니 추락했다." 책 표지 삽화에 이런 문장이 적혀 있어요. 주디와 저비가 재미있게 읽을 만한 책이죠?

9월 15일
키다리 아저씨께

어제 코너스에 있는 잡화점에 나갔다가 밀가루 무게를 재는 저울로 몸무게를 재봤어요. 그동안 몸무게가 4킬로그램이나 늘었더라고요! 건강을 돌보고 싶으시다면 록 윌로우를 휴양지로 추천해드려요.

영원한 아저씨의
주디 올림

9월 25일
키다리 아저씨께

짜잔! 제가 드디어 2학년이 되었어요! 지난 금요일에 학교로 돌아왔답니다. 록 윌로우를 떠나려니 아쉬웠지만, 학교를 다시 보니까 정말 반갑네요. 친숙한 곳으로 돌아온다는 건 참 기분 좋은 일이에요. 이제 학교가 집처럼 느껴지고, 어떤 상황이 닥치든 적응해서 잘 헤쳐나갈 수 있을 것 같아요. 사실, 이제는 온 세상이 집처럼 느껴진답니다. 다른 누군가의 허락을 받아서 겨우겨우 세상에 끼어든 게 아니라 정말로 세상의 당당한 일원인 것 같아요.

아저씨는 제가 무슨 말을 하는 건지 도통 이해가 안 가시겠죠. 고아원의 후원 재단 이사회에 들 만큼 중요하신 분은 고아처럼 별 볼 일 없는 사람의 기분을 이해하기가 어려울 테니까요.

참, 아저씨, 재미난 사실을 알려드릴게요. 제가 이번에 같이 방을 쓰는 사람이 누구게요? 샐리 맥브라이드와 줄리아 러틀리지 펜들턴이랍니다. 정말이에요. 우리 방은 작은 침실 세 개에 공부방이 하나 딸려 있어요.

샐리와 저는 2학년이 되면 같이 방을 쓰자고 지난봄에 약속해뒀거든요. 그런데 줄리아가 계속 샐리와 함께 지내겠다고 마음먹었대요. 도무지 이유를 모르겠어요. 걔들 둘은 비슷한 구석이 하나도 없거든요. 펜들턴 가문 사람은 천성이 보수적이라 변화에 적대적(멋진 단어예요!)인가 봐요. 어쨌든 이렇게 셋이서 한방을 쓰게 됐어요. 얼마 전까지 존 그리어 고아원에서 살던 고아 제루샤 애벗이 펜들턴 가문 아가씨와 같은 방에서 지낸다고 생각해보세요. 이 나라는 정말로 민주주의 국가가 맞네요.

샐리는 2학년 대표 선거에 출마했어요. 별문제가 없다면 반드시 당선될 거예요. 선거 때문에 온갖 음모와 술수가 판을 치고 있어요. 아저씨도 우리가 얼마나 대단한 정치꾼인지 보셔야 해요! 장담하건대 우리 여성이 선거권을 얻으면 남자는 정신 똑바로 차리고 권리를 지켜야 할 거예요. 다음 주 토요일이 선거일인데, 누가 당선되든 그날 밤에 횃불을 들고 행진할 예정이랍니다.

이번 학기에는 화학을 배우기 시작했어요. 가장 낯선 과목이에요. 이런 분야가 있는 줄도 몰랐답니다. 지금은 분자와 원자를 배우느라 애를 먹고 있어요. 하지만 다음 달이면 더

명료하게 논할 수 있는 수준이 될 거예요.

논증법과 논리학도 수강하고 있어요.

세계사도 듣고 있고요.

윌리엄 셰익스피어의 희곡도 배우고요.

프랑스어도 공부하고 있어요.

이런 식으로 몇 년 동안 공부하고 나면 저도 제법 견식이 있는 지성인이 될 거예요.

프랑스어가 아니라 경제학을 신청했어야 했는데, 용기가 없어서 그러지 못했어요. 2학년 때도 또 프랑스어를 신청하지 않으면 교수님이 낙제시킬까 봐 겁이 났거든요. 6월에 친시험도 간신히 통과했단 말이에요. 고등학교에서 충분히 준비하지 않은 탓이라고 생각해요.

수업 시간에 우리말로 말할 때만큼 능수능란하게 프랑스어로 재잘댈 수 있는 여자애가 하나 있어요. 어렸을 때 부모님을 따라 해외로 나가서 3년간 수녀원 부속 학교에 다녔대요. 그 애가 나머지 우리보다 프랑스어를 얼마나 더 잘할지 상상이 되시죠? 불규칙 동사를 마음대로 갖고 놀더라니까요. 우리 부모님이 어린 저를 고아원이 아니라 프랑스 수녀원에 버리고 가셨더라면 얼마나 좋았을까요. 아, 아니에요, 수녀원이 아니라서 다행이에요! 만약 그랬더라면 저는 아저씨를 영영 몰랐을 테니까요. 전 프랑스어를 잘하는 것보다 아저씨를 만난 게 더 좋아요.

안녕히 계세요, 아저씨. 저는 이제 해리엇 마틴을 만나러 가봐야겠어요. 화학 수업에 관한 이야기를 좀 주고받고 나서 차기 학년 대표에 관한 말을 은근슬쩍 흘려봐야겠어요.

정치 활동에 푹 빠진
J. 애벗 올림

10월 17일

키다리 아저씨께

체육관 수영장이 레몬 젤리로 가득 차 있다면, 거기서 수영하려는 사람은 젤리 위로 뜰까요, 아니면 바닥으로 가라앉을까요?

다 같이 디저트로 레몬 젤리를 먹다가 누가 불쑥 이런 질문을 던졌어요. 그래서 30분이나 열띤 토론을 벌였는데 아직도 결론이 나지 않았어요. 샐리는 자기가 레몬 젤리 안에서도 수영할 수 있을 것 같대요. 하지만 저는 세상에서 최고로 뛰어난 수영 선수도 분명히 가라앉을 거라고 확신해요. 레몬 젤리에 빠져서 익사하면 너무 어처구니없지 않겠어요?

이것 말고도 우리의 관심을 끈 문제가 두 개 더 있어요.

첫째, 집을 팔각형 모양으로 짓는다면, 그 안에 있는 방은 어떤 모양일까요? 정사각형이라고 주장한 애들도 몇 명 있었지만, 저는 파이 조각 모양이어야 한다고 생각해요. 아저씨도 그렇게 생각하지 않으세요?

둘째, 내부가 거울로 둘러싸인 아주 커다란 구가 있고 그 안 중앙에 사람이 앉아 있다면, 그 사람의 얼굴이 비치고 나서 등이 비치기 시작하는 지점은 어디일까요? 이 문제는 생각하면 할수록 헷갈려요. 우리가 얼마나 심오한 철학적 문제를 고찰하며 시간을 보내는지 아저씨도 아시겠죠!

참, 제가 학년 대표 선거 결과를 알려드렸던가요? 선거는 3주 전에 끝났어요. 정신없이 바쁘게 지냈더니, 겨우 3주 전 일인데도 까마득히 먼 옛날 일 같아요. 샐리가 뽑혔답니다.

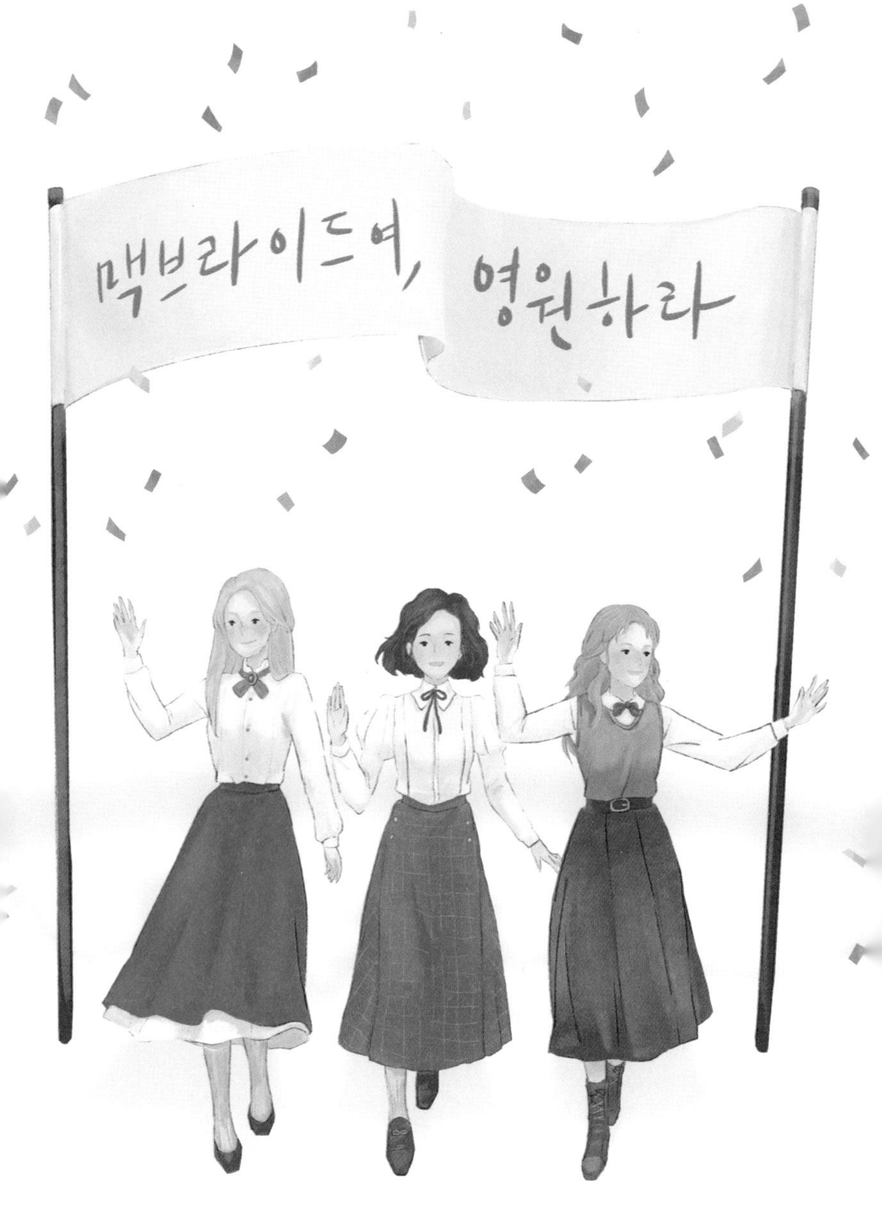
맥브라이드여, 영원하라

우리는 '맥브라이드여, 영원하라.'라고 적은 현수막을 들고 횃불 행진을 벌였어요. 열네 명으로 구성된 악단도 있었죠.(세 명이 하모니카를 불고, 열한 명이 머리빗을 악기처럼 연주했어요.)

이제 '퍼거슨 홀 258호'에서 지내는 우리 셋은 대학에서 아주 중요한 인물이 되었답니다. 줄리아와 저까지 후광을 엄청나게 많이 누리고 있어요. 학년 대표와 같은 방에서 지내니까 사회적 부담감이 꽤 크네요.

굿 나잇, 아저씨. 제 인사를 받아주세요.

존경을 담아,
아저씨의 주디 올림

11월 12일
키다리 아저씨께

어제 농구 시합에서 1학년 팀을 무찔렀어요. 당연히 날아갈 듯 기뻤죠. 하지만 3학년 팀도 이길 수 있다면 얼마나 좋을까요! 그럴 수만 있다면 온몸이 시퍼렇게 멍들어서 하마멜리스 약초즙을 바른 채 압박 붕대를 감고 일주일 내내 병동 침대 신세를 져야 한다고 해도 좋아요.

샐리가 이번 크리스마스 방학 때 저를 초대했답니다. 샐리의 고향은 매사추세츠주 우스터래요. 참 마음이 따뜻한 아이죠? 저도 정말로 가고 싶어요. 저는 태어나서 평범한 가정집에는 한 번도 안 가봤잖아요. 물론 록 윌로우 농장에서 지낸 적이 있지만, 셈플 씨 부부는 연로하신 편이니까 예외로 해야죠. 그런데 맥브라이드네 집에는 아이들이 가득해요.(어쨌거나 둘, 셋 정도는 있을 거예요.) 어머니와 아버지도 계시고, 할머니도 계시고, 심지어 앙고라 고양이도 있대요. 완벽한 가정이잖아요! 기숙사에 남아 있는 것보다 짐을 꾸려서 떠나는 게 훨씬 더 신나요. 지금 기대에 잔뜩 부풀어서 둥둥 떠다니는 기분이랍니다.

벌써 7교시가 되었네요. 연극 리허설을 하러 뛰어가야겠어요. 제가 추수감사절 연극에 출연하거든요. 곱슬곱슬한 금발에 벨벳 튜닉을 입고 탑에 사는 왕자 역할이랍니다. 무지 재밌겠죠?

아저씨의 J. A. 올림

아저씨는 제 모습이 어떤지 궁금하지 않으세요? 레오노라 펜턴이 우리 세 명을 찍어준 사진을 보내드려요.

해맑게 활짝 웃고 있는 애가 샐리예요. 하늘을 찌를 듯 콧대를 높이 치켜들고 있는 키 큰 애가 줄리아고요. 바람에 나부끼는 머리카락이 얼굴을 스치는 자그마한 아이가 바로 주디랍니다. 사실 주디는 훨씬 더 예쁜데, 햇살이 눈 부셔서 찡그리는 바람에 사진이 이렇게 나와 버렸네요.

매사추세츠주 우스터의 '스톤 게이트'에서

12월 31일

키다리 아저씨께

아저씨께서 크리스마스 선물로 수표를 보내주셔서 진작에 감사 편지를 쓰려고 했어요. 그런데 샐리네 가족과 함께 지내는 게 어찌나 즐겁던지 책상 앞에 앉아 있을 틈이 단 2분도 없었어요.

아저씨께서 보내주신 수표로 새 드레스를 한 벌 샀답니다. 꼭 필요한 옷은 아니었지만, 그냥 갖고 싶었어요. 올해 크리스마스 선물은 키다리 아저씨가 보내주신 것뿐이에요. 우리 가족은 그냥 사랑만 보내줬거든요.

저는 샐리네 집에서 최고로 멋진 크리스마스 방학을 보내고 있어요. 샐리네 집은 하얀 테두리가 쳐진 고풍스럽고 커다란 벽돌집이에요. 길거리에서 살짝 물러난 곳에 자리 잡고 있어요. 제가 존 그리어 고아원에서 살 때 '저 안은 도대체 어떨까?' 하고 호기심이 잔뜩 어린 눈길로 바라보곤 했던 바로 그런 집이에요. 제 눈으로 직접 보게 될 줄은 꿈에도 몰랐는데 지금 그 안에 들어와 있네요! 모든 게 너무도 아늑하고 편안해서 꼭 우리 집인 것처럼 마음이 편해요. 이 방, 저 방 돌아다니면서 시간 가는 줄도 모르고 구경한답니다.

이 집은 아이들이 자라기에 안성맞춤인 곳이에요. 그늘진 구석이 많아서 숨바꼭질 놀이를 하기에도 좋고요, 벽난로가 있어서 팝콘을 해 먹을 수도 있어요. 다락방이 있어서 비가 내리는 날에도 우당탕 뛰어놀 수 있고, 반들반들 매끄러운 계단 난간 끝에는 동글납작한 장식이 붙어 있어서 미끄럼을 타고 내려가도 바닥에 처박힐 걱정 없이 안심이랍니다. 부엌은 엄청나게 넓은 데다 햇살까지 환하게 잘 들어요. 게다가 인심 좋고 쾌활한 뚱보 요리사가 13년째 샐리네 가족과 함께 살고 계시거든요. 늘 빵 반죽을 조금 남겨뒀다가 아이들에게 빵을 구워주신답니다. 이런 집을 보고 있노라면 다시 어린아이가 되고 싶은 심정이에요.

샐리네 가족은 또 어떻고요! 세상에, 이렇게 살갑게 맞아주실 줄은 상상도 못 했어요. 샐리에게는 아버지와 어머니, 할머니가 계세요. 또 사랑스럽기 그지없는 세 살배기 곱슬머리 여동생이랑 발 씻는 걸 늘 깜박 잊는 보통 체격 남동생이랑 키가 크고 잘생긴 프린스턴 대학교 3학년 오빠 지미도 있어요.

식사 시간이 얼마나 유쾌한지 몰라요. 다 같이 웃고 농담하고 떠들어댄답니다. 그리고 샐리네 집에서는 식전 감사 기도를 드리지 않아요. 한입 먹을 때마다 누군가에게 감사하지 않아도 괜찮다니 마음이 편하네요.(감히 불경스러운 말을 했네요. 하지만 아저씨도 저처럼 의무적으로 감사하며 살아야 했다면 저와 같은 마음일 거예요.)

여기서 정말 많은 일이 있었거든요. 뭐부터 말씀드려야 할지 모를 정도로요. 맥브라이드 씨는 공장을 운영하시는데요, 크리스마스이브에 직원 자녀들을 위해 트리를 설치하셨답니다. 길쭉한 포장 작업실에 상록수와 호랑가시나무로 장식한 트리가 세워졌죠. 지미 맥브라이드가 산타클로스로 분장했고, 저와 샐리가 지미 오빠를 도와서 선물을 나눠줬어요.

아저씨, 그것참 기분이 묘하더라고요! 꼭 존 그리어 고아원의 후원 재단 이사님처럼 자선을 베푸는 사람이 된 기분이었어요. 사탕이 묻어 끈적거리는 귀여운 남자아이에게 뽀뽀도 해줬어요. 하지만 이사님들처럼 아이들 머리를 쓰다듬는 건 생각조차 하지 않았어요!

크리스마스 이틀 후에는 샐리네 부모님께서 다름 아닌 저를 위해 집에서 무도회도 열어주셨어요.

그런 진짜 무도회는 난생처음으로 참석해봤답니다. 대학에서 여는 무도회는 여자애들끼리 춤추는 거니까 무도회라고 할 수 없잖아요. 저는 새로 산 하얀 이브닝드레스를 입었어요.(아저씨의 크리스마스 선물이죠, 정말로 감사드려요.) 새하얀 긴 장갑도 끼고 새하얀 새틴 실내화도 신었답니다. 더할 나위 없이 완벽하게 행복했지만, 딱 한 가지 부족한 게 있었어요. 제가 지미 맥브라이드와 댄스 파트너가 되어 코티용(18세기 초 프랑스에서 시작된, 남녀 4쌍이 함께 추는 사교춤-옮긴이) 대형을 이끄는 모습을 리펫 원장님이 보지 못했다는 거죠. 아저씨, 다음에 존 그리어 고아원에 방문하시면 꼭 원장님께 이 사실을 알려주세요.

아저씨의 영원한
주디 애벗 올림

추신. 만약 제가 끝내 위대한 작가가 되지 못하고 평범한 여자애로 남는다면, 아저씨는 지독하게 실망하시겠죠?

토요일 저녁 6시 30분
키다리 아저씨께

오늘 시내까지 걸어가는데, 맙소사! 나가자마자 비가 퍼붓는 거예요. 겨울이면 겨울답게 비가 아니라 눈이 내렸으면 좋겠어요.

오늘 오후엔 줄리아의 멋진 삼촌이 다시 학교를 방문하셨어요. 초콜릿을 엄청나게 많이 사 오신 거 있죠. 초콜릿 상자 무게가 2킬로그램을 넘더라니까요. 줄리아와 같은 방을 쓰니 좋은 점도 있네요.

우리가 실없이 재잘재잘 떠드는 게 퍽 재미있으셨던가 봐요. 일부러 기차 시간까지 늦추고 저희 공부방에서 함께 차를 마시다 가셨답니다. 그분의 기숙사 방 출입 허가를 받느라고 고생이 이만저만이 아니었어요. 아버지나 할아버지도 까다로운 절차를 거쳐야 기숙사 방에 들어올 수 있는데, 삼촌은 오죽하겠어요. 남자 형제나 사촌은 말할 것도 없고요. 거의 어림도 없다고 봐야죠. 줄리아는 공증인 앞에서 그분이 삼촌이라고 선서하고 군 서기의 서명이 담긴 증명서를 제출해야 했답니다.(제가 법을 꽤 잘 알죠?) 하지만 저비스 삼촌이 얼마나 젊고 잘생겼는지 학생처장님이 미리 보셨더라면, 선서에 증명서에 온갖 규정을 다 지켰어도 티타임은 허락하지 않으셨을 거예요.

어쨌든 우리는 함께 차를 마시는 데 성공했어요. 갈색 빵에 스위스 치즈를 넣은 샌드위치를 곁들였답니다. 그분은 우리가 샌드위치 만드는 걸 거들어주셨어요. 그리고 네 조각이나 드셨죠. 제가 지난여름을 록 윌로우 농장에서 보냈다고 말씀드렸어요. 우리는 셈플 씨 부부와 농장에서 키우는 말과 소, 닭에 관한 추억을 풀어놓으며 이야기꽃을 피웠답니다. 그 분이 알고 있었던 말은 이제 전부 세상을 뜨고 없어요. 그로 버만 빼고요. 그분이 마지막으로 농장을 방문했을 때 그로버 는 조그마한 망아지였대요. 하지만 요즘 가여운 그로버는 너 무 늙어서 절뚝거리며 간신히 풀밭을 돌아다니는 신세예요.

그분이 록 월로우 농장에서는 아직도 도넛을 노란 단지에 담고 파란 접시로 그 위를 덮어서 식품 저장실 맨 아래 선반 에 보관하느냐고 물어보셨어요. 아직도 그렇게 하거든요! 또 그분은 야간 방목장에 쌓인 돌무더기 아래에 마못(다람쥐과에 속하는 동물로, 짧은 다리와 커다란 몸집이 특징-옮긴이)이 파놓은 구멍이 여전히 보이냐고도 물어보셨죠. 여전히 그 구멍도 보 인답니다! 올여름에 애머사이가 거기에서 통통하게 살이 오 른 커다란 회색 마못을 한 마리 잡았는걸요. 저비 도련님이 꼬마였을 때 잡았을 마못의 25대손쯤 될 거예요.

제가 그분을 저비 도련님이라고 불렀거든요. 그런데 그리 싫지 않은 눈치였어요. 줄리아는 삼촌이 그렇게 다정한 모습 을 처음 본대요. 평소에는 다가가기도 어려운 분이라나요. 남 자하고 대화하려면 요령이 꽤 필요한데, 걔가 그런 쪽으로는

영 꽝이에요. 남자는 꼭 고양이 같아서, 제대로 쓰다듬어주면 가르랑거리고 그렇지 않으면 으르렁대는 법이죠.(그다지 고상한 표현은 아니군요, 그냥 한번 비유해서 말해본 것뿐이랍니다.)

요즘 마리 바시키르체프(Marie Bashkirtseff, 우크라이나 태생의 화가로 14살 때부터 쓴 일기가 사후에 출간되어 센세이션을 일으킴-옮긴이)의 일기를 읽고 있어요. 아주 멋진 문장을 발견했거든요, 한번 읽어보세요. "지난밤 나는 갑작스럽게 차오르는 절망에 사로잡혀 처량하게 신음하다가 결국 식당 시계를 바다에 던져버리고 말았다."

이 문장을 읽고 나서 제가 차라리 천재가 아니기를 빌었어요. 천재성을 지닌 사람은 인생이 무지하게 고달플 거예요. 가구도 전부 망가지겠죠.

세상에! 비가 억수같이 퍼붓고 있어요. 오늘 밤에는 예배당까지 헤엄쳐서 가야 할 판이에요.

언제나 아저씨의
주디 올림

아저씨, 혹시 요람에 누워 있던 사랑스러운 딸아이를 잃어
버리신 적은 없나요?

어쩌면 제가 그 아이일지도 몰라요! 만약 우리가 소설 속
주인공이라면 지금 이 부분이 대단원일 거예요, 그렇죠?

자기가 누구인지 모른다는 건 끔찍하게도 서글픈 일이에
요. 하지만 어딘가 설레고 낭만적이기도 하죠. 가능성이 무궁
무진하잖아요. 저는 미국인이 아닐 수도 있어요. 왜 그런 사람
들이 많잖아요. 고대 로마인의 직계 후손일 수도 있고, 바이킹
의 딸일 수도 있고, 아니면 추방된 러시아인의 딸이라서 시베
리아 감옥에 있어야 마땅할 수도 있고요. 어쩌면 저는 집시일
지도 몰라요. 아무래도 집시가 맞는 것 같아요. 저는 방랑하는
기질이 좀 있거든요. 발휘할 기회가 별로 없었을 뿐이죠.

혹시 제 고아원 시절의 남부끄러운 오점을 아시나요? 쿠키
를 훔친 죄로 벌을 받고 고아원에서 달아났던 일이에요. 후
원 재단 이사라면 누구든 읽을 수 있는 기록부에도 다 적혀
있답니다. 하지만 아저씨, 제게 별다른 도리가 있었겠어요?

겨우 아홉 살 난 배고픈 꼬마애한테 손만 뻗으면 쿠키 단지가 닿을 식료품 저장실에서 수저를 닦으라고 시켜놓고 혼자 둔다면요. 그러고 나서 잠시 후 느닷없이 나타나면 당연히 아이 입가에 쿠키 부스러기가 묻어 있지 않겠어요? 또 아이의 팔을 홱 낚아채서 세차게 따귀를 때리고, 후식으로 푸딩이 나오고 있는데 식당에서 나가라고 명령하면서 다른 아이들에게 도둑질한 벌을 받는 거라고 말한다면, 그 아이가 달아나는 건 당연한 일 아니겠어요?

저는 겨우 6킬로미터 정도밖에 못 가고 붙잡혀서 다시 고아원으로 끌려갔어요. 그 후 일주일 내내 다른 아이들이 쉬는 시간에 나가서 놀 때 저는 말썽꾸러기 강아지처럼 뒷마당 말뚝에 묶여 있었죠.

어머나! 예배 시간을 알리는 종이 울리네요. 오늘은 예배가 끝나면 위원회 모임에도 참석해야 해요. 이번에는 정말로 재미난 편지를 쓰려고 했는데 죄송해요.

안녕히 계세요, 사랑하는 아저씨.
평안하게 지내시길!
주디 올림

추신. 이것 하나만큼은 완벽하게 확실해요. 저는 중국인이 아니랍니다.

샐리의 오빠인 지미 맥브라이드가 방 한쪽 벽을 다 덮을 만큼 커다란 프린스턴 대학교 깃발을 보냈어요. 저를 기억해 줘서 참 고맙지만, 도대체 이 큰 깃발로 뭘 해야 할지 모르겠어요. 샐리와 줄리아는 그 깃발을 벽에 걸도록 허락하지 않을 거예요. 올해 우리 방을 빨간색으로 꾸몄거든요. 거기에 오렌지색과 검은색을 더하면 방이 얼마나 흉하게 변할지 충분히 짐작할 수 있으시죠? 하지만 깃발이 아주 부드럽고 따뜻하고 두툼한 펠트 천으로 만든 거라서 그냥 내버려 두기에는 아까워요. 그걸로 목욕 가운을 만들면 너무 예의에 어긋날까요? 원래 있던 가운은 빨았더니 좀 줄어들었거든요.

제가 무엇을 배우고 있는지 알려드리는 걸 그동안 새까맣게 잊고 있었어요. 제 편지만 읽어서는 상상하기 어려우시겠지만, 요즘 저는 공부에 전념하고 있답니다. 다섯 과목을 한꺼번에 공부하려니 정신이 없어요.

화학 교수님이 이렇게 말씀하셨어요.

"진정한 학자라면 세세한 부분까지 공들여서 살펴봐야 합니다."

역사 교수님은 이렇게 말씀하셨죠.

"사소한 것에 매몰되지 않도록 주의하세요. 시야를 넓혀서 전체를 살펴보세요."

제가 화학과 역사 사이에서 균형을 잡느라 얼마나 고생해야 하는지 훤히 보이시죠? 저는 역사 교수님의 방법이 더 마음에 들어요. 제가 정복자 윌리엄이 1492년에 왔다고 말하거나, 콜럼버스가 아메리카 대륙을 발견한 해가 1100년 혹은 1066년 혹은 아무 때라고 말하더라도 교수님은 그런 사소한 것에 개의치 않으실 테니까요. 그래서 역사학 시간은 느긋한 마음으로 안심하고 들을 수 있어요. 반대로 화학 시간에는 절대로 마음을 놓을 수가 없고요.

6교시를 알리는 종이 울렸어요. 실험실로 가서 산, 염기, 알칼리 같은 미세한 물질을 살펴봐야 해요. 제가 화학 실험용 앞치마에 염산을 흘리는 바람에 접시만큼 커다란 구멍이

나고 말았지 뭐예요. 그런데 이론대로라면 강력한 암모니아로 중화시켜서 그 구멍을 메울 수 있어야 하잖아요, 그렇지 않나요?

다음 주에 시험을 쳐요. 하지만 누가 무서워한대요?

언제나 아저씨의
주디 올림

3월 5일
키다리 아저씨께

3월의 바람이 불고 있어요. 하늘에는 묵직한 먹구름이 가득 몰려다니고요. 소나무 숲에 앉은 까마귀 떼가 까악까악 요란하게 울부짖고 있어요! 그 소리에 마음이 자꾸 들떠요. 까마귀 울음소리가 저를 바깥으로 불러내는 것만 같아요. 책장을 덮고 언덕에 올라가서 바람과 한바탕 경주라도 벌이고 싶은 마음이랍니다.

지난 토요일에 질퍽질퍽한 시골길을 8킬로미터 넘게 뛰어다니면서 여우사냥놀이(여우와 사냥꾼으로 역할을 나누어 색종이 조각을 뿌리며 달아난 여우를 사냥꾼이 뒤쫓아 잡는 놀이-옮긴이)를 했어요. 여우(색종이 조각을 한 바구니 든 여학생 세 명)가 먼저 출발하고 30분 후에 사냥꾼 스물일곱 명이 여우를 잡으러 나섰죠. 저는 사냥꾼이었는데 여덟 명이 도중에 포기하는 바람에 사냥꾼은 열아홉 명만 남았답니다. 여우가 도망간 흔적은 언덕을 넘어 옥수수밭을 지나 늪까지 이어졌어요. 우리는 발을 빠뜨리지 않으려고 늪 위로 빼꼼 올라온 흙무더기를 밟으며 가볍게 폴짝폴짝 뛰어다녀야 했죠. 물론 우리 중 절반은 발목까지 빠지고 말았답니다. 여우의 흔적을 자꾸만 놓치는 바람에 늪에서 25분이나 허비해버렸지 뭐예요. 숲을 지나 다시 언덕을 넘고 나니까 헛간 창문이 보이는 거예요! 그런데 헛간 문은 죄다 잠겨 있고, 창문은 아주 높이 달린 데다 꽤 작기까지 했어요. 이러면 게임이 공정하다고 할 수 없지 않나요?

하지만 우리는 억지로 헛간 안에 들어가려고 용을 쓰지 않았어요. 헛간 주변을 한 바퀴 둘러보다가 여우들이 낮은 헛간 지붕으로 올라가서 담을 넘은 흔적을 발견했거든요. 여우들은 우리를 그 헛간에 붙잡아둘 생각이었겠지만, 우리는 그런 얕은꾀에 넘어가지 않았답니다. 우리는 그길로 곧장 3킬로미터가 넘는 완만한 초원을 통과했어요. 여우의 흔적을 뒤쫓아 가는 일은 무지하게 힘겨웠어요. 색종이 조각이 너무 드문드문 떨어져 있었거든요. 색종이 간격이 1.8미터를 넘으면 안 된다는 게 규칙이란 말이죠. 그런데 그렇게 긴 1.8미터는 태어나서 처음 봤어요. 어쨌거나 2시간 넘게 쉬지 않고 걸어서 마침내 크리스털 스프링의 부엌에 있는 여우 나리들을 찾아냈답니다.(크리스털 스프링은 여학생들이 썰매를 타거나 건초 마차를 얻어 타고 가서 닭고기와 와플을 얻어먹곤 하는 농가랍니다.) 여우 셋은 태연하게 앉아서 우유를 마시고 꿀과 비스킷을 먹고 있더라고요. 우리가 그렇게 멀리까지 쫓아올 줄은 상상도 못 했던 거죠. 우리가 여전히 헛간 창문과 씨름하고 있을 줄 알았대요.

양편이 서로가 이겼다고 우겨댔어요. 제 생각에는 우리 사냥꾼이 이긴 것 같은데, 아닌가요? 여우가 캠퍼스로 돌아가기 전에 잡았잖아요. 어쨌든 우리 열아홉 명은 메뚜기 떼처럼 식탁에 다닥다닥 달라붙어서 꿀을 달라고 아우성쳤어요. 우리 모두 충분히 먹기에는 양이 부족해서 크리스털 스프링 부인(우리가 붙여준 애칭이고요, 진짜 이름은 존슨 부인이랍니다.) 이 딸기잼 한 단지와 메이플 시럽 한 통(지난주에 갓 만든 거예요.)을 가져다주셨어요. 갈색 빵 세 덩어리도 주셨고요.

우리는 6시 반이 되어서야 학교로 돌아왔어요. 저녁 시간에 30분이나 늦어서 옷도 갈아입지 않고 서둘러서 식당으로 갔어요. 그런데 먹어도 먹어도 배가 차지 않는 거 있죠! 우리 모두 저녁 예배는 빠졌답니다. 진탕에 뒹굴어서 엉망이 된 부츠만으로도 예배를 빼먹을 핑계는 충분했거든요.

제가 시험 결과에 대해서는 아직 말씀을 안 드렸네요. 전 과목을 가뿐하게 통과했답니다. 이제 비결을 깨우쳤으니 다시는 낙제하지 않을 거예요. 1학년 때 골머리를 앓았던 라틴 고전과 기하학 때문에 우등 졸업은 진작 물 건너갔지만 상관 없어요. '그대가 행복하기만 하다면 무엇이 문제이오리까?' (이건 인용한 표현이에요. 요즘 영문학 고전을 읽고 있거든요.)

참, 고전 이야기가 나와서 말인데, 아저씨는《햄릿》을 읽어보셨나요? 혹시 아직 안 읽으셨다면 꼭 읽어보세요. 정말 불후의 걸작이랍니다. 지금껏 귀가 따갑도록 셰익스피어 이야기를 들었지만, 이렇게 글을 잘 쓰는 줄은 전혀 모르고 있었어요. 순전히 명성 때문에 높이 평가받는 게 아닌가 늘 의심했었거든요.

아주 오래전에 처음으로 글 읽기를 배웠을 때 환상적인 놀이를 하나 생각해냈었답니다. 매일 밤, 제 자신이 그날 읽은 책에 등장하는 인물(가장 중요한 인물)이라고 상상하며 잠자리에 드는 거죠.

지금 저는 오필리아예요. 그것도 아주 현명한 오필리아요! 저는 늘 햄릿을 즐겁게 해주고, 부드럽게 어루만져주고, 잘못하면 따끔하게 꾸짖어주고, 감기에 걸리면 손수건으로 목을 따뜻하게 감싸준답니다. 햄릿의 우울증도 씻은 듯이 말끔하게 고쳐줬죠. 왕과 왕비는 두 분 다 돌아가셨어요. 바다에 나갔다가 사고로 돌아가신 바람에 장례식도 치를 필요가 없었어요. 그래서 지금은 햄릿과 제가 누구의 간섭도 받지 않고 덴마크를 다스리고 있어요. 우리는 훌륭하게 왕국을 통치하고 있답니다. 햄릿이 국정 운영을 맡았고요, 저는 자선 사업을 책임져요. 방금 막 최고의 고아원을 몇 군데 설립한 참이랍니다. 아저씨나 다른 후원 재단 이사님이 방문하고 싶으시다면 제가 친절하게 안내해드릴게요. 오셔서 고아원 운영에 대한 좋은 내용을 많이 배워 가실 수 있을 거예요.

언제나 경의
가장 우아한 덴마크 여왕,
오필리아 올림

3월 24일, 혹은 25일

키다리 아저씨께

저는 천국에 못 갈 것 같아요. 요즘 좋은 것들을 너무나도 많이 누리고 있거든요. 그런데 천국에까지 간다면 그건 공평하지 못한 거잖아요. 무슨 일이 있었는지 하나씩 다 알려드릴게요.

제루샤 애벗이 교내 월간지 《먼슬리》에서 매해 주최하는 단편 소설 공모전에서 당선됐답니다.(상금이 무려 25달러예요.) 겨우 2학년인데도요! 공모전에 응모하는 학생은 대체로 4학년이거든요. 게시판에서 제 이름을 봤을 때 꿈인지 생시인지 도무지 믿을 수 없었어요. 제가 결국에는 작가가 되긴 할 건가 봐요. 리펫 원장님이 이렇게 시시한 이름을 지어주지 않으셨다면 얼마나 좋을까요. 제 이름이 여성 작가에 걸맞은 이름 같긴 않죠?

또 제가 봄 연극제에 출연할 배우로도 뽑혔답니다. 야외극장에서 셰익스피어의 〈뜻대로 하세요〉를 상연할 거예요. 저는 로잘린드의 사촌 셀리아 역을 맡았어요.

마지막으로, 다음 주 금요일에 줄리아와 샐리와 함께 뉴욕에 가요. 가서 봄맞이 쇼핑을 하고 하룻밤 묵은 뒤 저비 도련님과 함께 극장에 갈 거랍니다. 그분이 우리를 초대해주셨죠. 줄리아는 집에 가서 가족과 함께 머물 거지만, 샐리와 저는 마사 워싱턴 호텔에서 묵을 거예요. 이렇게 신나는 일이 또 있을까요? 저는 호텔은 물론이고 극장에도 가본 적이 없거든요. 성당에서 축제를 열어 고아들을 초대했을 때 가서 연극을 본 적은 한 번 있지만, 그건 진짜 연극이 아니니까 제외해야죠.

그럼 우리가 뉴욕에서 무슨 연극을 보게요? 바로 〈햄릿〉이랍니다. 제가 얼마나 신나겠어요! 영문학 시간에 셰익스피어를 4주나 배워서 이제는 눈감고도 희곡 대사를 술술 외울 정도예요.

뉴욕에서 벌어질 일들을 생각하니 너무 들떠서 잠도 오지 않아요.

안녕히 계세요, 아저씨.

아, 정말로 즐거운 세상이에요.

언제나 아저씨의
주디 올림

추신. 방금 막 달력을 봤거든요. 오늘은 28일이네요.

추신 하나 더.

오늘 시내에서 전차를 탔는데, 차장이 한쪽 눈은 갈색이고 다른 쪽 눈은 파란색이었어요. 탐정 소설에 등장하는 범인 역할에 제격일 것 같지 않나요?

4월 7일

키다리 아저씨께

이럴 수가! 뉴욕은 정말로 커요, 그렇지 않나요? 우스터는 아무것도 아니던걸요. 아저씨께서 진짜로 그렇게 복잡한 도시에서 살고 계시는 거 맞나요? 뉴욕에서 이틀 지내는 동안 얼마나 놀랐던지, 몇 달이 지나도 정신을 차리지 못할 것 같아요. 눈이 휘둥그레질 정도로 놀라운 것들을 엄청나게 많이 봤거든요. 무엇부터 말씀드려야 할지도 모르겠어요. 그래도 아저씨는 그곳에 사시니까 잘 아시겠죠?

그런데 뉴욕의 거리는 참 재미나지 않나요? 사람들은 또 어떻고요? 가게들은요? 뉴욕의 가게 진열창에서 본 물건들

만큼 예쁘고 멋진 것은 처음이었어요. 평생 그런 옷을 입으면서 살고 싶다는 생각이 절로 들더라고요.

토요일 아침에 샐리와 줄리아와 함께 쇼핑하러 갔어요. 줄리아가 태어나서 처음 보는 호화로운 가게로 저희를 데려갔어요. 벽은 흰색과 금색으로 칠해져 있고, 바닥에는 파란색 카펫이 깔려 있었죠. 창가에는 파란 실크 커튼이 드리워져 있었고, 금박을 입힌 의자도 있었어요. 눈부시게 아름다운 금발 부인이 기다란 검은색 실크 드레스 자락을 스르르 끌면서 다가와 환한 미소로 저희를 맞아줬어요. 저는 사교 모임에 초대받아 갔다고 착각하고 손을 내밀어 악수하려고 했지 뭐예요. 그저 모자를 사러 갔을 뿐인데 말이에요. 적어도 줄리아는 그랬죠. 개는 거울 앞에 앉아서 모자를 열 개도 넘게 써봤어요. 갈수록 더 예쁜 게 나오니까, 가장 예쁜 것으로 두 개 골라서 사더라고요.

거울 앞에 앉아서 이것저것 써본 뒤 가격은 조금도 고민하지 않고 마음에 드는 모자를 척척 사는 인생은 얼마나 즐거울까요! 저는 상상조차 어려운걸요. 하지만 이것 하나는 확실해요, 아저씨. 뉴욕은 존 그리어 고아원에서 힘겹게 길러온 검소함이라는 덕목을 순식간에 무너뜨릴 게 뻔해요.

쇼핑을 마친 후에는 셰리스라는 레스토랑에서 저비 도련님을 만났어요. 아저씨도 셰리스에 가보셨겠죠? 그곳을 한번 떠올려보세요. 그리고 기름 먹인 천을 깔아둔 식탁에 절대로 깨지지 않는 투박한 흰 접시, 나무 손잡이가 달린 포크와 나이프를 놓아둔 존 그리어 고아원의 식당을 떠올려보세요. 제 기분이 얼마나 이상할지 아시겠죠!

제가 생선용이 아닌 다른 포크로 생선 요리를 먹고 있었는데, 웨이터가 무척 친절하게도 다른 사람은 눈치채지 못하게 슬쩍 포크 하나를 더 건네줬답니다. 오찬을 즐긴 후에는 극장으로 갔어요. 극장은 눈이 팽팽 돌아갈 만큼 화려하고 입이 떡 벌어질 만큼 멋진 곳이었어요. 요즘에도 매일 밤 그 극장 꿈을 꾼답니다.

셰익스피어는 정말 대단하지 않나요?

무대에서 펼쳐지는 〈햄릿〉은 강의 시간에 분석할 때보다 훨씬 더 좋았어요. 수업 시간에는 희곡을 제대로 감상해보겠다며 이렇다, 저렇다 해석하고 그랬거든요. 그런데 지금 제 눈으로 공연을 보고 나니까 세상에! 감히 평가하지 못하겠어요.

아저씨만 괜찮으시다면 작가가 아니라 배우가 되고 싶어

요. 대학을 졸업하고 나서 연극 학교에 들어가도 될까요? 배우가 되면 공연할 때마다 아저씨를 특별석으로 모시고 무대에서 미소를 보내드릴게요. 대신 단춧구멍에 빨간 장미 한 송이를 꽂고 오세요. 그러면 아저씨를 제대로 알아보고 환히 미소지을 수 있을 거예요. 엉뚱한 사람을 보고 웃으면 창피해서 쥐구멍에라도 숨고 싶어질 테니까요.

우리는 토요일 밤에 학교로 돌아왔어요. 저녁은 기차 안에서 먹었답니다. 분홍빛 램프를 올려둔 자그마한 테이블에서 먹었는데, 흑인 웨이터가 시중도 들어줬어요. 기차에서 식사할 수 있다는 사실을 전혀 몰랐거든요. 그래서 무심코 그렇게 중얼거리고 말았어요.

"너는 도대체 어디에서 자란 거니?" 그랬더니 줄리아가 물어보더라고요.

"시골에서." 저는 순순히 대답했어요.

"그래도 그렇지, 여행 한 번 해본 적이 없어?" 줄리아가 다시 물어봤어요.

"대학에 올 때가 처음이었어. 그때도 고작 250킬로미터 정도 거리여서 식사는 안 했지." 이렇게 대답했죠.

줄리아는 점점 제게 호기심이 생기나 봐요. 제가 자꾸 엉

뚱한 말을 하거든요. 그러지 않으려고 무진장 애를 쓰지만, 놀랄 때마다 마음속에 있는 이야기가 불쑥 튀어나와요. 그런데 저는 툭하면 놀라잖아요, 아저씨. 존 그리어 고아원에서 열여덟 해를 보내다가 별안간 바깥세상으로 던져졌으니 매 순간이 아찔하고 얼떨떨할 수밖에 없죠.

그래도 잘 적응하고 있답니다. 예전처럼 창피한 실수는 저지르지 않아요. 이제는 다른 학생들과 어울려도 불편하지 않고요. 예전에는 다른 사람들이 쳐다보면 괜히 주눅이 들어서 쭈뼛거리곤 했거든요. 사람들이 제가 입은 새 옷은 가짜라고 생각하고, 그 아래 체크무늬 무명옷을 꿰뚫어 볼 것만 같아서요. 하지만 이제는 체크무늬 무명옷 따위에 신경 쓰지 않아요. 성경에도 이런 구절이 나오잖아요. 그날의 괴로움은 그날로 족하니라.

참, 꽃 이야기를 깜빡했네요. 저비 도련님이 우리에게 제비꽃과 은방울꽃을 풍성하게 엮은 꽃다발을 한 다발씩 선물해 주셨어요. 정말 다정하시죠? 지금껏 본 남자라고는 후원 재단 이사님들밖에 없어서 인지 원래 남자를 별로 좋아하지 않았거든요. 그런데 점점 마음이 바뀌고 있어요.

열한 장이나 썼네요. 이래야 편지다운 편지죠! 힘내세요.

이만 줄일게요.

언제나 아저씨의
주디 올림

4월 10일

부자 이사님께

　보내주신 50달러 수표를 돌려보내 드립니다. 대단히 감사
합니다만 받을 수 없습니다. 매달 주시는 용돈으로도 필요한
모자를 충분히 살 수 있습니다. 괜히 모자 가게 이야기를 쓸
데없이 늘어놓아서 죄송합니다. 그저 그런 가게에는 처음 가
봤다는 뜻이었을 뿐입니다.

　저는 구걸하는 게 아니에요! 필요 이상의 자선은 받고 싶
지 않습니다.

제루샤 애벗 배상

4월 11일

너무도 사랑하는 키다리 아저씨께

저를 용서해주시겠어요? 그렇게 무례한 편지를 쓰는 게 아니었어요. 어제 편지를 부치고 나니까 죄송한 마음이 밀려들어서 편지를 다시 돌려받으려고 했거든요. 하지만 우체국 직원이 매몰차게 제 부탁을 거절했어요.

지금은 한밤중이에요. 몇 시간 째 제가 얼마나 벌레같은 인간인지 자책하며 뜬눈으로 밤을 지새우고 있어요. 다리가 천 개나 달린 혐오스러운 벌레요. 이게 제가 할 수 있는 가장 나쁜 말이에요! 줄리아와 샐리를 깨우지 않으려고 공부방 문을 살그머니 닫고 제 방 침대에 앉아 역사 공책 한 장을 찢어서 이렇게 편지를 쓰고 있답니다.

아저씨께서 수표를 보내주신 일에 너무 예의 없이 굴어서 죄송하다는 말씀을 꼭 드리고 싶었어요. 저를 생각해서 보내주셨다는 거 알아요. 또 아저씨는 모자처럼 사소한 일에도 마음 써주실 만큼 다정한 분이라는 것도 잘 알아요. 제가 더 정중한 태도로 수표를 돌려드려야 했어요.

하지만 아저씨, 어쨌든 저는 그 수표를 받을 수 없었어요.

저는 다른 여자애들과 다르잖아요. 그 애들은 다른 사람들한 테서 이것저것 당연하게 받을 수 있어요. 부모님도 있고 형 제자매도 있고 삼촌이나 고모와 같은 가족이 있으니까요. 하 지만 제게는 그런 혈육이 한 명도 없어요. 저도 아저씨가 제 가족인 척하고 싶어요. 하지만 그냥 생각만 해보는 거예요. 실제로는 아니라는 사실을 잘 아니까요. 저는 철저히 저 혼 자만의 힘으로 세상과 싸워야 해요. 제 등 뒤에는 벽만 있을 뿐 아무도 없죠. 이 세상에 홀로 있다는 생각이 들 때면 숨이 턱턱 막혀요. 일부러 그런 생각을 떨쳐버리고 괜찮은 척 애 쓰죠. 정말 모르시겠어요, 아저씨? 저는 필요 이상의 돈은 받 을 수 없어요. 언젠가 그 돈을 전부 돌려드리고 싶은데, 바람 대로 위대한 작가가 되더라도 말문이 막힐 만큼 어마어마하 게 큰 빚은 절대로 감당할 수 없을 거예요.

저도 예쁜 모자와 물건을 가지고 싶지만 그런 것들을 사느 라 미래를 저당 잡힐 수는 없잖아요.

저의 무례함을 용서해주실 거죠? 저는 머릿속에 떠오르는 생각은 무엇이든 편지지에 다 쏟아 놓고 되찾을 수도 없게 부쳐버리는 못된 습관이 있어요. 그래서 가끔은 제가 생각이 짧고 배은망덕해 보이지만, 절대 진심이 아니에요. 인생과 자유와 독립을 마음껏 누리게 해주신 아저씨께 마음속으로 늘 감사하고 있어요. 제 어린 시절은 길고 우울한 반항의 시간일 뿐이었죠. 하지만 지금은 하루의 모든 순간이 너무도 행복해서 도무지 꿈인지 현실인지 분간이 어려울 정도랍니다. 꼭 이야기책에 나오는 여주인공이 된 기분인걸요.

새벽 2시 15분이 다 되었네요. 이제 까치발로 살금살금 걸어 나가서 우편함에 편지를 넣어야겠어요. 어제 편지에 이어 곧바로 이 편지를 받아보실 거예요. 그러면 제가 나쁜 아이라는 생각을 금방 거두실 수 있겠죠.

안녕히 주무세요, 아저씨.
언제나 아저씨를 사랑해요.
주디 올림

5월 4일

키다리 아저씨께

지난주 토요일에 체육 대회가 열렸어요. 볼거리가 정말 풍성했던 큰 행사였어요. 제일 먼저 학년별로 퍼레이드를 했거든요. 전교생이 흰 리넨 운동복을 입고 행진했어요. 4학년은 파란색과 황금색 일본풍 우산을 들었고요, 3학년은 흰색과 노란색 현수막을 들었어요. 우리 2학년은 진홍색 풍선을 들고 행진했답니다. 툭하면 끈이 풀려서 풍선이 바람에 두둥실 날아가버려 사람들의 시선을 끌었죠. 1학년은 긴 리본을 달아놓은 초록색 종이 모자를 썼어요. 파란색 제복을 입은 악대도 시내에서 고용했고요. 또 서커스의 광대 같은 사람들도 열 명 넘게 와서 경기 중간중간에 관객들을 즐겁게 해줬답니다.

퍼레이드에서는 줄리아가 리넨 청소복을 입고 다 늘어진 우산을 쓰고 얼굴에는 구레나룻까지 붙여서 뚱뚱한 시골 남자처럼 분장했어요. 키가 크고 마른 팻시 모리어티(이름이 진짜로 패트리사예요. 이런 이름 들어보셨어요? 리펫 원장님이라도 이보다 더 나은 이름을 생각해내셨을걸요.)는 우스꽝스러운 초록색 보닛을 한쪽 귀에만 걸친 채 줄리아의 부인 행세를 했죠. 이둘이 시골 부부 노릇을 하며 행진하는 동안 객석에서는 폭소가 잇달아 터졌답니다. 아니 글쎄, 줄리아가 연기를 기가 막히게 잘하더라고요. 펜들턴 가문 사람에게 그런 희극 정신이 있을 줄은 꿈에도 몰랐지 뭐예요. 쓰고 보니 저비 도련님께 죄송한 말씀이네요. 하지만 저는 저비 도련님이 진정한 펜들턴 집안사람이 아닐 것 같다고 생각하거든요. 아저씨가 진짜 후원 재단 이사님이 아닐 것 같다고 생각하는 것처럼요.

샐리와 저는 경기를 뛰느라 행진에 참여하지 못했어요. 결과가 어땠을 것 같으세요? 우리 둘 다 우승했어요! 적어도 각자 한 종목씩은요. 둘 다 멀리뛰기는 탈락했어요. 하지만 샐리는 장대높이뛰기에서 1등 했고요(2미터 20센티미터를 뛰어넘었어요.), 저는 50미터 단거리 달리기에서 1등 했답니다.(기록은 8초였어요.) 결승지점에 도착했을 땐 너무 숨이 차서 헐떡거렸지만 그래도 끝내주게 신나던걸요. 2학년 친구들이 전부 풍선을 흔들면서 목청껏 소리 지르며 응원해줬어요.

주디 애벗이 누구라고?
최고의 선수지.
누가 최고라고?
주디 애-벗!

아저씨, 정말로 영예로운 일이었어요. 경기를 끝내고는 얼

른 탈의실용 천막으로 돌아가서 알코올 마사지도 받고 레몬 조각도 빨아먹었어요. 우리 정말로 프로 선수들 같죠? 학년 대표로 경기에 출전해서 우승하는 건 참 멋진 일이에요. 최다 종목에서 우승한 학년이 그해의 우승컵을 받는데, 올해는 4학년이 일곱 종목에서 1등을 차지하고 우승컵을 탔어요. 대회 위원회에서는 각 종목 우승자 전원을 체육관으로 불러서 만찬을 열어줬어요. 소프트 크랩 튀김을 먹고 농구공 모양으로 얼린 초콜릿 아이스크림도 먹었답니다.

어젯밤에는 아주 늦은 시간까지 《제인 에어》를 읽었어요. 혹시 아저씨는 60년 전 시대를 기억할 만큼 연세가 많으신가요? 만약 그렇다면, 정말로 사람들이 책에 나오는 말투로 말했나요?

오만한 블랑쉬 부인이 하인에게 이렇게 말하거든요. "고얀 놈이로구나, 그 입 다물고 내 분부를 받들거라." 로체스터는 하늘을 보고 금속 창공이라고 표현하기도 하고요. 그리고 그 미친 여자 말이에요. 하이에나처럼 울부짖고 침실 커튼에 불을 지르고 웨딩드레스의 베일을 찢어발기고 심지어 사람도 물잖아요. 이 소설은 순전히 신파예요. 그런데 바로 그 이유로 사람들이 이 소설을 읽고, 또 읽고, 또 읽죠. 어떻게 젊은 여자가 이런 책을 쓸 수 있었는지 도무지 모르겠어요. 그것도 교회 경내에서만 자란 여자가요. 이 브론테 자매에게는 제 마음을 홀리는 구석이 있어요. 그들의 책, 그들의 삶, 그들의 정신 모두가요. 도대체 그런 이야기는 어떻게 떠올린 걸까요? 어린 제인이 자선 학교에서 모진 고생을 겪는 대목을 읽을 때는 치미는 화를 억누를 수가 없어서 책을 덮고 나가서 좀 걸어야 했어요. 제인이 어떤 기분일지 저는 속속들이 아니까요. 리펫 원장님을 잘 알고 있으니까 브로클허스트가 어떤 사람일지도 훤히 꿰뚫어 볼 수 있었고요.

너무 화내지 마세요, 아저씨. 존 그리어 고아원이 소설 속 로우드 학교와 비슷하다는 뜻은 아니었어요. 우리는 먹을 것도, 입을 것도 모자라지 않았어요. 씻을 물도 넉넉했고, 지하 창고에는 난로도 있었죠. 그런데 존 그리어 고아원과 로우드 자선 학교는 딱 한 가지가 무서울 정도로 닮았어요. 고아원 생활도 지독하게 단조로웠거든요. 특별한 일이라고는 하나도 없었어요. 일요일에 아이스크림이 나온다는 것을 빼면 좋은 일은 아무것도 없었는데, 그마저도 규칙적으로 반복되는 일이잖아요. 고아원에서 열여덟 해를 사는 동안 모험이라고 부를 만한 일은 딱 하나뿐이었어요. 장작을 쌓아두는 헛간에 불이 난 적이 있거든요. 고아원 본관에 불이 옮겨 붙을까 봐 우리 모두 한밤중에 자다가 일어나서 옷을 입고 대피할 준비를 해야 했어요. 하지만 불이 번지지 않아서 다시 자러 갔죠.

누구나 가끔 깜짝 놀랄 만한 일이 벌어지기를 바라잖아요. 아주 자연스러운 인간의 욕구니까요. 그런데 제 인생에서 깜짝 놀랄 만한 일은 리펫 원장님께 불려가서 존 스미스 씨가 저를 대학에 보내주신다는 말을 들을 때가 처음이었어요. 그마저도 원장님이 하도 뜸을 들이며 말씀하시는 바람에 제대로 놀랄 기회조차 잃고 말았다니까요.

아저씨, 저는 사람이라면 누구나 갖춰야 하는 자질이 바로 상상력이라고 생각해요. 상상력이 있어야 다른 사람의 처지에서 생각해볼 수 있거든요. 그래야 친절함과 공감 능력과 이해심이 생겨나고요. 그래서 어릴 때부터 상상력을 키워줘야 해요. 그런데 존 그리어 고아원은 상상력이 조금이라도 움틀 기미를 보이면 당장 짓밟아버려요. 그곳에서 힘써 장려하는 자질은 오직 의무감뿐이랍니다. 저는 아이들에게 '의무'라는 단어조차 가르치면 안 된다고 생각해요, 아저씨. 정말 혐오스럽고 불쾌한 단어잖아요. 어떤 일이든 의무감이 아니라 사랑에서 우러나와야 하니까요.

아저씨, 제가 설립해서 이끌어나갈 고아원이 어떤 모습일지 기대해주세요! 이건 제가 잠들기 전에 하는 상상 중에 제일 재밌는 일인데요, 아주 세세한 사항까지 다 꼼꼼하게 계획해뒀어요. 아이들 식사와 옷, 공부와 놀이, 심지어 벌칙까지요. 아무리 착한 아이라고 해도 가끔은 잘못을 저지르니까요.

어쨌거나 우리 고아원에서 지내는 아이들은 행복할 거예요. 자라면서 아무리 어려움을 많이 겪는다고 해도, 누구든 나중에 커서 어린 시절을 돌이켜봤을 때 행복한 추억이 있어야 하니까요. 만약 제가 자식을 낳는다면요, 아무리 제가 불행한 처지라도 아이들만큼은 아무런 걱정 없이 자라게 해줄 거예요.

(예배 시간을 알리는 종이 울려요. 편지는 나중에 마무리해야겠어요.)

목요일

오늘 오후에 실험실에서 방으로 돌아오니까 티 테이블에 다람쥐 한 마리가 앉아서 아몬드를 배불리 먹고 있는 게 아

니겠어요? 요즘 날씨가 따뜻해
서 창문을 계속 열어두었더
니 반갑게도 이런 손님이
자꾸 찾아온답니다.

토요일 아침

어제가 금요일이었고, 오늘은 아무런 강의도 없으니 아저
씨는 어젯밤에 제가 단편소설 공모전 상금으로 산 스티븐슨
전집을 읽으며 차분하고 흐뭇하게 주말을 맞았으리라 생각
하시나요? 그렇다면 아저씨는 여자 대학을 몰라도 한참 모르
시는 거예요. 어제 친구 여섯 명이 퍼지 사탕을 만들자고 우
리 방에 우르르 놀러 왔어요. 그런데 그중 한 명이 우리가 가
장 아끼는 카펫 한가운데에서, 아직 다 굳지도 않은 퍼지 반
죽을 엎지르고 말았답니다. 그 얼룩은 절대로 깨끗하게 지울
수 없을 거예요.

요즘에는 뭘 배우고 있는지 통 말씀드리지 않았네요. 여전
히 날마다 열심히 공부하고 있어요. 그래도 가끔은 책장을

덮고 여럿이 둘러앉아서 인생에 관해 이런저런 이야기를 폭넓게 나누는 게 위안이 된답니다. 제가 살아가는 이야기를 아저씨께 일방적으로만 털어놓는 것보다 더 낫죠. 그런데 이건 다 아저씨 잘못이에요. 도통 답장을 해주지 않으시잖아요. 내키실 때 언제든 답장을 보내주시면 두 팔 벌려 환영할 텐데요.

어쩌다 사흘씩이나 편지를 쓰다가 말다가 했네요. 여기까지 읽고 아저씨께서 지루해하실까 봐 걱정이에요.

안녕히 계세요, 다정한 아저씨.
주디 올림

키다리 아저씨께
····················

제가 논증법과 논제를 항목별로 구분하는 방법을 모두 배웠으니, 이번 서신에 분류 형식을 차용하려 합니다. 필요한 사실은 모두 담되, 쓸데없는 정보는 장황하게 늘어놓지 않겠습니다.

I. 이번 주에 친 시험

  A. 화학

  B. 역사

II. 기숙사 신관 건축 중

  A. 건축 자재

   (a) 붉은 벽돌

   (b) 회색 화산암

  B. 수용 인원

   (a) 학생처장 한 명, 강사 다섯 명

   (b) 여학생 이백 명

   (c) 관리인 한 명, 요리사 세 명, 식당 여직원 스무 명, 청
     소부 스무 명

III. 오늘 저녁 디저트는 정킷(우유와 설탕과 향신료를 넣어 응
    고시킨 디저트—옮긴이)

IV. 현재 셰익스피어 희곡의 원천에 관한 특별 논문을 작
    성 중

V. 오늘 오후 농구 시합에서 루 맥마흔이 미끄러져 넘어짐.
   그 결과는

  A. 어깨 탈구

174

B. 무릎 타박상

VI. 새로 산 모자의 장식

A. 파란 벨벳 리본

B. 푸른 깃털 두 개

C. 붉은 털실 방울 세 개

VII. 현재 시각은 밤 9시 반

VIII. 안녕히 주무십시오.

주디 올림

6월 2일

키다리 아저씨께

저한테 얼마나 기쁜 일이 생겼는지 아저씨는 죽었다 깨어
나도 못 맞추실 걸요.

맥브라이드 가족이 애디론댁산맥에 있는 별장에서 여름
방학을 함께 보내자고 초대해주셨답니다! 숲 한가운데 경치
가 끝내주는 작은 호수가 있는데, 맥브라이드 가족이 그 호

숫가 근처 클럽의 회원이래요. 회원 가족이 숲속에 드문드문 들어선 통나무집을 하나씩 소유하고 있다네요. 거기서 지내면서 호수로 나가 카누를 타기도 하고, 다른 별장이나 캠프장으로 이어지는 오솔길을 따라 오래도록 거닐기도 한대요. 일주일에 한 번씩 클럽 회관에서 댄스파티도 열고요. 올여름에는 샐리의 오빠인 지미 맥브라이드가 학교 친구도 한 명 초대해서 데려온다고 했어요. 그러니까 이번 여름에는 댄스 파트너가 꽤 많을 거랍니다.

저를 초대해주시다니, 맥브라이드 부인은 참 다정하시지 않나요? 아무래도 크리스마스에 그 댁에서 머물렀을 때 제가 꽤 마음에 드셨나 봐요.

편지가 짧더라도 이해해주세요. 이건 매달 보내는 정식 편지가 아니거든요. 이번 여름 방학 계획을 알려드리는 것뿐이에요.

몹시 행복한
아저씨의 주디 올림

아저씨의 비서분이 방금 막 서신을 보내셨어요. 스미스 씨
는 제가 맥브라이드 부인의 초대를 거절하고 작년 여름처럼
록 윌로우 농장으로 가기를 바라신다는 내용이었어요.

왜요? 어째서요? 도대체 이유가 뭐예요, 아저씨?

아저씨께서 잘 모르고 계신 것 같아요. 맥브라이드 부인은
진심으로 저를 초대하고 싶어 하세요. 정말 틀림없는 사실이
에요. 맥브라이드 댁에 조금도 폐를 끼치지 않을게요. 오히려
제가 도움이 될 거예요. 별장에 하인을 많이 데려가지 않을
거라고 했으니 샐리와 제가 일손을 거들 수 있어요. 게다가
제게는 집안일을 배울 좋은 기회가 될 수 있어요. 여자라면
누구나 집안 살림을 돌보는 법을 알아야 하는데, 저는 고아
원 살림밖에 모르잖아요.

클럽 회원 가족 중에는 샐리 또래의 여자애가 한 명도 없
대요. 그래서 맥브라이드 부인은 제가 동행해서 샐리의 말동
무가 되어줬으면 하시는 거고요. 가서 책도 많이 읽으려고
샐리랑 계획까지 다 짰뒀어요. 내년에 수강할 영문학과 사회

학 서적을 전부 읽을 예정이랍니다. 교수님께서 여름 방학에 미리 그 책들을 다 읽어두면 크게 도움이 될 거라고 말씀해 주셨거든요. 또 샐리랑 함께 읽고 이야기를 나누면 혼자 읽을 때보다 내용을 기억하기가 훨씬 더 수월할 거고요.

샐리네 어머니와 같은 집에서 생활하는 것 자체가 교육이랍니다. 세상에서 가장 흥미롭고 재미있고 다정하고 매력적인 여성이시거든요. 모르는 게 없으시죠. 지금껏 그 오랜 세월 동안 리펫 원장님과 여름을 보내다가 정반대인 분과 함께 지낼 기회를 얻었으니 얼마나 감사한 일인지 아저씨께서도 한 번 생각해보세요. 저 때문에 별장에 방이 모자랄까 봐 걱정하지 않으셔도 괜찮아요. 그 집은 고무처럼 늘어난대요. 사람이 너무 많으면 그냥 숲속 여기저기에 텐트를 쳐놓고 남자들을 내보내면 된다고 했어요. 바깥에서 온종일 뛰놀고 운동하면서 건강하고 활기차게 여름을 보낼 거랍니다. 지미 맥브라이드가 말 타는 법이며 카누에서 노 젓는 법이며 사격하는 법이며 다 가르쳐주겠대요. 아, 제가 배워야 할 게 얼마나 많은지 몰라요. 제가 난생처음으로 겪어보는 신나고 흥겹고 근심 걱정 없는 시간이 될 거예요. 여자애라면 누구든 일생에 한 번쯤 이런 시간을 누려도 좋지 않을까요? 물론 저는 아저씨가 시키는 대로 할 거예요. 하지만 진심으로 부탁드려요. 제발 가게 해주세요, 아저씨. 이렇게 간절한 소원은 처음이에요.

이 편지를 쓰는 사람은 장차 위대한 작가가 될 제루샤 애벗이 아니랍니다. 그저 평범한 소녀 주디라는 걸 꼭 생각해주세요.

6월 9일
존 스미스 씨께

귀하의 7일 자 편지는 잘 받았습니다. 비서를 통해 지시하신 대로 다음 주 금요일에 록 윌로우 농장으로 떠나 여름을 보내겠습니다.

언제나 귀하의
제루샤 애벗(양) 올림

아저씨께 편지를 안 보낸 지도 거의 두 달이 다 되었네요. 잘한 일이 아니라는 건 저도 알아요. 하지만 올여름에는 아저씨가 그다지 좋지 않았거든요. 제가 얼마나 솔직한지 아시죠!

맥브라이드네 별장 방문을 포기해야만 했을 때 제가 얼마나 실망했는지 아저씨는 상상도 못 하실 거예요. 아저씨는 제 후견인이시니까 어떤 일이든 아저씨의 의견을 따라야 한다는 걸 저도 모르지 않아요. 하지만 대체 왜 그러셨는지 도무지 이유를 모르겠어요. 틀림없이 제 인생에서 최고로 멋진 여름 방학이 되었을 텐데요. 만약 제가 아저씨고, 아저씨가 저였다면 저는 이렇게 말했을 거예요. "참 잘 됐구나, 얘야. 가서 즐겁게 지내다 오렴. 새로운 사람도 많이 만나고 새로운 것도 많이 배워오너라. 앞으로 또 일 년 동안 열심히 공부해야 하니 야외에서 지내며 건강도 챙기고 푹 쉬다 오렴."

하지만 아저씨는 그러지 않으셨어요! 그저 비서를 통해 록윌로우로 가라는 퉁명스러운 메모만 보내셨잖아요.

제 마음이 아팠던 건 아저씨의 명령에 인간미가 없었기 때문이에요. 제가 아저씨를 생각하는 것처럼 아저씨도 저를 아주 조금이라도, 눈곱만큼이라도 생각하셨다면 가끔은 직접 손으로 쓴 짤막한 편지라도 보내주셨어야 해요. 비서가 타자기로 쓴 쌀쌀맞은 메모가 아니라요. 아저씨가 제게 조금이나마 마음을 쓴다는 흔적만 있었더라도 저는 아저씨가 기뻐할 일이라면 무엇이든 기꺼이 했을 거라고요.

아저씨의 답장은 꿈도 꾸지 말고, 오로지 저 혼자서만 재미있고 길고 자세하게 편지를 써야 한다는 사실을 잘 알아요. 아저씨는 저를 교육시킨다는 약속을 잘 지키고 계신데, 저는 약속을 잘 못 지킨다고 생각하시겠네요!

하지만 아저씨, 이 약속은 지키기가 참 힘들어요. 정말 힘들어요. 저는 뼈에 사무칠 정도로 외롭거든요. 제게 가족 같은 사람이라고는 아저씨 딱 한 분뿐인데, 아저씨는 그림자처럼 희미해서 존재감이 잘 느껴지지 않는단 말이에요. 제가 상상으로 만들어낸 사람일 뿐이죠. 게다가 진짜 아저씨는 제 상상 속 아저씨와 조금도 닮지 않았을지도 모르고요. 예전에 제가 아파서 입원했을 때, 아저씨가 딱 한 번 카드를 보내주신 적이 있죠. 요즘 아저씨가 저를 까맣게 잊으셨다는 기분이 들 때마다 그 카드를 꺼내서 읽고 또 읽어본답니다.

원래 하고 싶었던 말은 이런 게 아니고, 사실 제 진짜 속마음은 이래요.

저는 아직도 마음이 상해 있어요. 독단적이고, 위압적이고, 비합리적이고, 전능한 데다 모습을 전혀 드러내지 않는 신 같은 존재에게 이리저리 끌려다니는 일은 몹시 굴욕적이거든요. 하지만 그런 존재가 아저씨처럼 변함없이 다정하고 너그럽고 사려 깊다면, 독단적이고 위압적이고 비합리적이고 전능하고 모습을 드러내지 않는 신 같은 존재가 될 자격이 있다고 생각해요. 그러니까 말이죠, 저는 아저씨를 용서하고 다시 힘을 내보려고요. 그래도 샐리가 캠프장에서 얼마나 즐겁게 지내고 있는지 편지로 소식을 전해올 때면 기분이 별로 좋지 않아요!

어쨌든 우리 이 문제는 덮어두고 다시 시작하기로 해요.

저는 올여름에 글을 쓰고 또 썼답니다. 단편 소설을 네 편이나 완성해서 잡지사 네 곳에 보내놓았어요. 제가 작가가 되기 위해서 노력하고 있다는 거 잘 아시겠죠? 저비 도련님이 비 오는 날 놀이방으로 삼았던 다락방의 한구석에 작업실을 꾸며놓았어요. 여기에는 지붕창이 두 개나 나 있어서 선선한 바람도 솔솔 들어오고 시원하답니다. 근처에 단풍나무가 한 그루 서 있어서 햇볕도 가려주고요. 나무 구멍에는 붉은 다람쥐 가족도 살고 있어요.

며칠 안에 더 재미있는 편지를 써서 따끈따끈한 농장 소식을 전부 전해드릴게요.

요새 가물어서 비를 기다리고 있어요.

언제나 아저씨의
주디 올림

8월 10일
키다리 아저씨께

저는 지금 목장 연못 근처에 서 있는 버드나무의 두 번째

아귀에 걸터앉아 편지를 쓰고 있어요. 나무 밑에서는 개구리 한 마리가 개굴개굴 노래하고요, 머리 위로는 매미 한 마리가 맴맴 노래하고 있어요. 거기에 자그마한 동고비 두 마리까지 나무둥치를 위아래로 바삐 오르락내리락하고 있죠. 한 시간째 여기에 앉아 있는 거예요. 여기가 아주 편안하거든요. 특히 소파 쿠션을 두 개나 받쳐 놓으면 더할 나위 없이 편안하답니다. 불후의 단편 소설을 쓸 작정으로 펜과 종이 받침대를 들고 올라왔는데 여주인공 때문에 머리가 터져버릴 것 같아요. 제가 원하는 대로 여주인공을 움직일 수가 없어요. 그래서 잠시 여주인공을 버려두고 아저씨께 편지를 쓰는 거예요.(그런데 대단한 위안은 못 되네요. 제가 원하는 대로 움직일 수 없는 건 아저씨도 마찬가지니까요.)

만약 아저씨가 지금 그 끔찍한 뉴욕에 계신다면, 눈부신 햇살과 산들바람이 가득한 이곳의 아름다운 경치를 보내드리고 싶어요. 일주일 내내 비가 온 후 맑게 갠 시골 풍경은 천국이 따로 없답니다.

천국 이야기가 나와서 말인데, 작년 여름에 말씀드렸던 켈로그 씨를 기억하세요? 코너스에 있는 작고 하얀 교회의 목사님 말이에요. 글쎄, 딱하게도 그 연로하신 분이 돌아가셨지 뭐예요. 지난겨울에 폐렴으로요. 설교를 대여섯 번은 들어봐서 그분의 종교관을 굉장히 잘 알고 있거든요. 그분은 처음의 신앙심을 마지막 순간까지 잃지 않으셨어요. 신념을 마흔일곱 해 동안이나 한결같이 유지할 수 있는 사람은 연구 대상으로 삼아 진열장에 모셔둬야 한다고 봐요. 켈로그 목사님이 천국에 가서 황금 왕관을 쓰고 즐겁게 하프를 연주하셨으면 좋겠어요. 천국에서는 그럴 거라고 굳게 믿으셨거든요. 교회에는 젊은 목사님이 새로 부임하셨는데 굉장히 진취적이세요. 신도들은 그분을 꽤 미심쩍어하는 눈치예요. 특히 커밍스 집사님 쪽 사람들이 그래요. 아무래도 교회에서 파벌이 아주 제대로 만들어질 것 같아요. 이 지역에서는 종교 개혁을 달가워하지 않더라고요.

저는 비가 쏟아지던 지난 일주일 내내 다락방에 틀어박혀서 책에 파묻혀 지냈답니다. 주로 스티븐슨의 책을 읽었어요. 그런데 스티븐슨 본인이 그가 쓴 소설 속 그 어떤 인물들보다 더 재미있는 사람이더라고요. 소설 주인공으로 삼으면 멋져 보일 인물로 살아가겠다고 마음먹었나 봐요. 아버지가 남긴 1만 달러를 몽땅 털어서 요트를 사고 남태평양으로 항해를 떠났다니, 정말 스티븐슨답지 않나요? 모험심을 한껏 실천하며 살았잖아요. 만약 저도 아버지에게 1만 달러를 물려받았다면 스티븐슨과 똑같이 했을 거예요. 스티븐슨이 말년을 보냈다는 사모아섬의 베일리마를 떠올리기만 해도 설레어서 가슴이 부풀어 올라요. 저도 열대 지방에 가보고 싶어요. 아니 온 세상을 모두 돌아보고 싶어요. 언젠가는 꼭 그렇게 할 거예요. 정말이에요, 아저씨. 위대한 작가나 예술가, 배우, 극작가, 아니면 어떤 모습이든 훌륭한 사람이 되고 나면 그렇게 할래요. 제게는 억누를 수 없는 방랑 기질이 있거든요. 지도를 바라보기만 해도 모자를 눌러 쓰고 우산을 챙겨서 떠나고 싶어진다니까요. "죽기 전에 반드시 남국의 종려나무와 사원을 두 눈에 담으리라."

땅거미가 어둑하게 내리는 목요일 저녁,
문가에 앉아서

이번 편지에는 새로운 소식을 담기가 어렵기 그지없어요! 요즘 주디는 상당히 철학적으로 변해서, 일상의 소소한 사건을 굽어보는 대신에 세상사를 폭넓게 논하고 싶거든요. 그래

188

도 아저씨께서 꼭 소식을 알고 싶으시다면 말씀드릴게요.

지난 화요일에 우리 농장의 아기 돼지 아홉 마리가 개울을 건너 달아났거든요. 그런데 여덟 마리만 돌아온 거예요. 괜히 부당하게 누구를 의심하고 싶지는 않지만, 미망인 다우드 부인네 집에 새끼 돼지가 한 마리 더 늘어난 것 같아요.

위버 씨가 곡식 저장고 두 채와 헛간을 노란빛이 쨍한 밝은 호박색으로 칠했어요. 어떻게 그렇게 흉한 색을 골랐는지 몰라요. 그런데 위버 씨는 오래도록 바래지 않을 색이라고 하더라고요.

브루어 가족이 이번 주에 손님을 맞았어요. 오하이오에서 브루어 부인의 언니와 조카딸 둘이 왔답니다.

농장에서 기르는 로드아일랜드 레드 품종 닭 한 마리가 달걀을 열다섯 개 낳았는데, 그중에 딱 세 개만 부화했어요. 도대체 뭐가 문제인지 짐작조차 안 돼요. 제가 보기에 로드아일랜드 레드는 아주 열등한 품종 같아요. 저는 버프 오핑턴 종이 더 좋아요.

보니릭 포 코너스에 있는 우체국에 새로 온 직원이 창고에 보관해뒀던 자메이카 진저 술을 한 방울도 남김없이 깡그리 마셨다가 들통났지 뭐예요. 그게 자그마치 7달러어치래요.

아이라 해치 영감님이 류머티즘에 걸려서 더는 일을 못 하게 되셨어요. 그런데 벌이가 괜찮을 때 한 푼도 저축해두지 않은 탓에 앞으로는 마을 사람들에게 도움을 받으며 살아야 한대요.

다음 주 토요일 저녁에 학교 건물에서 아이스크림 파티를 열거예요. 아저씨도 가족분과 함께 오세요.

우체국에서 25센트를 주고 새 모자를 샀답니다. 이게 저의 가장 최근 모습이에요. 갈퀴를 들고 건초를 모으러 가는 길이죠.

이제 너무 어두워서 글자가 하나도 보이지 않네요. 어차피 알려드릴 소식도 모두 바닥났고요.

안녕히 주무세요.
주디 올림

금요일

안녕히 주무셨어요? 새로운 소식이 있어요! 뭘까요? 록 월

로우에 누가 오는지 아저씨는 절대로, 절대로 맞추지 못하실 걸요. 펜들턴 씨가 셈플 부인에게 편지를 보내셨어요. 자동차로 여행하며 버크셔를 지나고 있는데 너무 지쳤으니 한적한 농장에서 쉬고 싶으시대요. 아무 밤에나 록 윌로우 농장에 불쑥 나타나도 묵을 방이 있냐고 물어보셨대요. 딱 1주일만 머무를 수도 있고, 2주일이나 3주일씩 머무를 수도 있다고 하네요. 일단 도착하시면 이곳이 얼마나 편안한 쉼터인지 바로 알아보실 거예요.

그 덕분에 대소동이 일어나서 농장을 다 뒤집어 놨어요! 온 집안을 싹싹 쓸고 닦고, 커튼도 모조리 빨았답니다. 저는 오늘 아침에 마차를 타고 코너스로 나가서 현관에 깔 기름 먹인 천이랑 복도와 뒤 계단에 칠할 갈색 페인트 두 통을 살 거예요. 또 내일은 다우드 부인이 와서 창문을 같이 닦아주기로 했죠.(워낙 긴급한 상황이니까 아기 돼지에 관한 의심은 잠시 접어두려고요.) 우리가 이렇게 법석을 부리며 청소한다는 이야기를 보고 아저씨는 평소에 집이 깔끔하지 않다고 생각하실 수도 있겠네요. 하지만 분명히 말씀드리는데, 이 집은 원래 티끌 하나 없이 깨끗해요! 셈플 부인이 완벽하지는 않아도 집안 살림 하나는 끝내주게 잘하시거든요.

그나저나 아저씨, 펜들턴 씨는 누가 남자 아니랄까 봐 그러시는 건가요? 농장 문가에 오늘 나타나겠다는 건지, 이 주일 후에 나타나겠다는 건지 언질이 전혀 없잖아요. 그분이 오실 때까지 우리는 잠시도 마음 놓지 못하고 숨죽이며 지내야 해요. 게다가 빨리 오시지 않으면 대청소를 새로 해야 할지도 몰라요.

지금 애머사이가 아래층에서 사륜 짐마차에 그로버를 매어놓고 기다리고 있어요. 제가 혼자서 마차를 몰 거랍니다. 그로버가 얼마나 늙었는지 직접 보신다면 아저씨도 제 안전을 염려하지 않으실 거예요.

가슴에 손을 얹고…, 안녕히!

주디 올림

추신. 끝인사말이 근사하지 않나요? 스티븐슨이 쓴 편지에서 따온 표현이랍니다.

 오늘도 안녕히 주무셨어요? 어제 우체부 아저씨가 오셨을
때 이 편지를 미리 봉해두지 않아서 못 부쳤어요. 그래서 그
냥 여기에 조금 더 쓰려고요. 이곳에서는 하루에 한 번, 정오
에 우체부 아저씨가 찾아와요. 시골에서 우편배달은 축복이
에요! 우체부 아저씨가 편지만 가져다주시는 게 아니라 읍내
에서 필요한 것들을 이것저것 사다 주시기까지 하거든요. 심
부름 값은 단돈 5센트밖에 안 한답니다. 어제는 겨우 10센트
에 구두끈과 콜드크림 한 통(새 모자를 마련하기 전에 햇볕에 얼
굴이 다 타서 코끝이 홀랑 벗겨졌어요.), 파란 윈저 넥타이, 검정
구두약 한 병을 사다 주셨죠. 주문을 많이 했다며 특별히 싸
게 해주셨답니다.

 어디 그뿐인가요, 더 큰 세상에서 벌어지는 일까지 모두
알려주시죠. 배달 구역에 일간지를 받아보는 가구가 몇 곳
있거든요. 배달하러 가는 길에 신문을 읽어뒀다가 신문을 구
독하지 않는 집에 들렀을 때 뉴스를 그대로 전해주는 거예
요. 그래서 미국과 일본 간에 전쟁이 터진다거나, 대통령이
암살된다거나, 록펠러 씨가 존 그리어 고아원에 백만 달러를

기부한다거나, 뭐 이런 일이 일어나도 아저씨께서 제게 편지로 알려주실 필요는 없답니다. 어차피 저도 다 알게 될 테니까요.

저비 도련님은 아직도 나타날 기색이 없어요. 아저씨도 이 집이 얼마나 깨끗한지 보셔야 하는데 말이에요. 집에 발을 들여놓을 때마다 얼마나 걱정하면서 신발을 닦아대는데요!

저비 도련님이 얼른 오셨으면 좋겠어요. 이야기 상대가 절실하거든요. 셈플 부인은, 음, 솔직히 말해서, 좀 따분하세요. 매번 똑같이 매끄럽게만 흘러가는 대화에 새로운 생각이 끼어들도록 내버려 두지를 않으시죠. 우습게도 이 동네 사람들이 다 그래요. 이곳의 언덕 꼭대기 하나가 세상 전부인 줄 알거든요. 제 말이 무슨 뜻인지 아저씨께서 이해하실지는 모르겠지만, 여기 사람들은 바깥세상에 조금도 관심을 두지 않아요. 그런 점은 존 그리어 고아원과 정말 똑같아요. 그곳에서도 생각이 사방을 둘러싼 쇠 울타리 안에 갇혀 있거든요. 제가 고아원에서 살았을 적에는 지금보다 더 어렸고 숨 돌릴 틈도 없이 바빠서 신경 쓰지 않았을 뿐이죠. 일어나서 침대를 정돈하고, 돌보는 아이들의 얼굴을 씻기고, 학교에 갔다가 돌아와서 다시 아이들 얼굴을 씻기고, 아이들 양말을 꿰매고,

프레디 퍼킨스의 바지를 수선하고(단 하루라도 바지를 찢어먹지 않은 날이 없어요.) 그사이에 틈틈이 공부도 하다 보면 어느새 자러 가야 할 시간이었어요. 사람들과 교류가 부족하다는 사실은 깨닫지도 못했죠. 그런데 대화의 양도, 질도 풍성한 대학에서 2년을 지내보니 대화가 너무나 그리워요. 누구든 말이 통하는 사람을 만나면 뛸 듯이 반가울 거예요.

이제는 정말로 편지를 마무리할 때가 된 것 같네요, 아저씨. 당장은 떠오르는 것도 없고요. 다음에는 편지를 더 길게 써보도록 할게요.

언제나 아저씨의
주디 올림

추신. 올해는 양상추 농사가 잘 안됐어요. 초여름에 너무 가물었거든요.

8월 25일

있잖아요, 아저씨, 드디어 저비 도련님이 오셨어요. 우리가 얼마나 즐겁게 지내는지 몰라요! 적어도 저는 그래요. 그분도 즐거우신 것 같아요. 여기에 오신 지 열흘이나 됐는데 아직도 떠날 기미가 없거든요. 셈플 부인이 어찌나 그분을 애지중지하는지 옆에서 지켜보기가 민망할 정도예요. 어렸을 때도 그렇게 오냐오냐 응석을 다 받아주며 키웠을 텐데, 어쩜 그렇게 훌륭한 어른으로 잘 자라셨는지 모르겠어요.

그분과 저는 현관 밖에 작은 테이블을 차려놓고 식사를 한답니다. 가끔은 나무 밑에 상을 차릴 때도 있고요. 비가 오거나 날씨가 추우면 가장 근사한 거실에서 먹어요. 저비 도련님이 식사 장소를 고르시면 캐리가 종종걸음으로 상을 나르죠. 성가시게 너무 멀리까지 테이블을 날라야 하는 날이면 설탕 그릇 아래서 1달러를 발견할 수 있답니다.

저비 도련님은 붙임성이 정말 좋으세요. 그분을 어쩌다가 한 번씩 보는 사람이라면 절대로 믿지 못하겠지만요. 첫인상은 전형적인 펜들턴 가문 사람이거든요. 그런데 알고 보면 전혀 다르답니다. 그야말로 소탈하고 꾸밈없고 자상하신 분이죠. 남자를 이렇게 표현하니까 우습지만, 정말 사실인걸요. 근방 농부들에게도 무척 친절하세요. 그분이 사람 대 사람으로 동등하게 대하니까 농부들도 금방 마음을 열더라고요. 사실 처음에는 다들 그분을 아주 미심쩍게 봤어요. 옷차림을 특히나 싫어했죠! 제가 봐도 그분 옷차림은 아주 대단해요. 무릎 아래를 묶어 입는 헐렁한 스포츠용 반바지에 주름을 잡은 재킷을 입거나, 새하얀 플란넬 셔츠와 부풀린 바지에 승마복을 입으시거든요. 그분이 새 옷을 입고 아래층으로 내려오실 때마다 셈플 부인은 뿌듯한 표정으로 환히 웃으면서 그분을 요모조모 살펴보고 자리에 앉을 때 조심해야 한다고 신신당부하세요. 옷에 먼지라도 탈까 봐 걱정이 이만저만이 아니에요. 저비 도련님은 그게 몹시 지루하신지 늘 이렇게 대꾸하신답니다.

"그만 하세요, 리지 아줌마, 가서 볼일이나 보세요. 더는 저한테 이래라저래라하시면 안 되죠. 저도 다 컸잖습니까."

셈플 부인이 그렇게나 몸집이 크고 다리가 긴(아저씨만큼이나 다리가 길어요.) 남자를 무릎에 앉혀놓고 세수시켰다고 상상하니 우스워 죽을 지경이에요. 셈플 부인의 무릎을 보면 더더욱 웃겨요! 이제는 살이 쪄서 무릎은 두 겹, 턱은 세 겹이시거든요. 그런데 저비 도련님 말로는 원래 셈플 부인이 날씬하고 다부지고 재빠르기까지 해서 자기보다 더 빨리 달릴 수 있었대요.

우리는 신나게 모험을 즐기고 있답니다! 시골길을 몇 킬로미터씩이나 걸어 다니면서 탐험도 했어요. 또 저는 깃털로 작고 우스꽝스러운 파리 모양 미끼를 만들어서 낚시하는 법도 배웠죠. 소총과 권총을 쏘는 법도, 말 타는 법도 배웠어요. 늙은 그로버가 아직 팔팔해서 정말 깜짝 놀랐지 뭐예요. 사흘간 귀리를 먹였더니, 송아지를 보고 지레 겁을 먹어 저를 태우고 달리기까지 했다니까요.

수요일

월요일 오후에 저비 도련님과 함께 스카이힐에 올랐어요. 여기에서 가까운 산이에요. 그런데 이름과 달리 그렇게까지 높지는 않더라고요. 적어도 산꼭대기에 눈은 쌓여 있지 않았어요. 그래도 꼭대기까지 오르면 제법 숨이 가쁘답니다. 낮은 비탈은 숲으로 울창한데, 정상부는 탁 트인 황무지에 바위와

풀만 덮여 있었어요. 우리는 거기서 해넘이를 지켜본 후 모 닥불을 피워서 저녁을 해 먹었어요. 요리는 저비 도련님이 하셨죠. 저보다 요리를 더 잘할 거라고 하셨거든요. 그런데 진짜더라고요. 캠핑을 자주 해서 그렇대요. 저녁을 다 먹고 나서는 달빛을 받으며 산에서 내려왔어요. 캄캄한 숲길에 이 르렀을 때는 그분이 주머니에 챙겨온 손전등으로 빛을 비추 어가며 걸었죠. 정말 재미있었어요! 돌아가는 길 내내 저비 도련님이 웃으면서 농담도 하시고 온갖 흥미로운 이야기도 많이 해주셨거든요. 제가 읽은 책은 모조리 다 읽어보셨더라 고요. 제가 읽지 못한 다른 책도 잔뜩 읽으셨고요. 어찌나 박 학하신지 혀를 내두를 정도예요.

오늘 아침에는 둘이서 아주 멀리까지 산책하러 나갔다가 그만 폭우를 만나고 말았답니다. 집에 도착했을 때쯤에는 물 에 빠진 생쥐처럼 쫄딱 젖어버렸어요. 하지만 우리의 정신만 큼은 물기 하나 없이 보송보송했죠. 우리가 물방울을 뚝뚝 흘리며 부엌으로 들어설 때 셈플 부인이 어떤 표정을 지었는 지 아저씨도 보셔야 했는데 안타깝네요.

"아이고, 저비 도련님! 주디 양! 흠뻑 젖었네요. 세상에! 세 상에! 이를 어쩌면 좋담? 그 멋진 새 코트를 다 버렸네."

그렇게 수선을 떠는 모습이 정말 웃겼어요. 누가 보면 우리는 열 살짜리 꼬마고 셈플 부인은 속상해하는 엄마인 줄 알았을 거예요. 당분간은 차를 마실 때 곁들일 잼은 없을 줄 알라고 말씀하실까 봐 걱정했다니까요.

토요일

이 편지는 한참 전부터 쓰기 시작했는데 마무리할 겨를이 조금도 없었어요.

스티븐슨의 이 생각은 정말 멋지지 않나요?

세상은 수많은 것들로 넘쳐나니
우리 모두 왕처럼 행복해야 마땅하다.

맞는 말이에요, 아저씨. 세상은 행복으로 가득하고, 모든 사람이 골고루 누릴 수 있을 만큼 충분하죠. 우리에게 다가오는 것들을 기꺼이 맞을 자세만 갖추면 돼요. 그 비결은 유연한 마음가짐에 있답니다. 특히 시골에는 즐길 거리가 무수히 많아요. 어디든지 거닐 수 있고, 어떤 경치든지 감상할 수도 있고, 어느 개울에서든지 첨벙거릴 수도 있잖아요. 내가 주인인 것처럼 즐길 수 있어요. 세금 한 푼 없이요!

지금은 일요일 밤이에요. 11시가 거의 다 되어가네요. 평소라면 단잠에 빠져 있을 시간인데, 저녁에 블랙커피를 마셔버렸거든요. 그러니까 단잠은 물 건너간 거죠!

오늘 아침에 샘플 부인이 펜들턴 씨께 몹시 단호하게 말씀하셨어요.

"11시까지 교회에 도착하려면 10시 15분에는 출발해야해요."

"알겠어요, 리지 아줌마." 저비 도련님이 대답하셨죠. "일단 마차를 대기시켜놓으세요. 만약 제가 채비를 덜 끝냈거든 기다리지 말고 먼저 출발하세요."

"기다려야죠." 샘플 부인이 고집을 부리셨어요.

"좋을 대로 하세요. 하지만 말들이 지치니까 너무 오래 세워두지는 말아요." 저비 도련님은 이렇게 대답하셨고요.

그래놓고는 샘플 부인이 몸단장하는 동안, 캐리에게 점심 도시락을 준비시키고 저한테 서둘러서 산책할 차림으로 갈

아입으로고 하시는 거예요. 우리는 뒷문으로 슬그머니 빠져나가서 낚시하러 갔답니다.

그 덕분에 온 집안에 난리가 났어요. 록 윌로우에서는 일요일마다 오후 2시에 정찬을 시작하거든요. 그런데 저비 도련님이 7시에 정찬을 차리라고 지시하신 거예요.(그분은 원하는 시간에 식사를 주문하세요. 누가 보면 여기가 식당인 줄 알 거예요.) 그래서 캐리와 애머사이가 드라이브하러 나가지 못했죠. 저비 도련님은 오히려 더 잘된 일이라고 말씀하셨어요. 보호자 없이 둘이서만 드라이브하러 가는 게 부적절하다나요. 그런데 사실은 저를 데리고 드라이브를 나가려고 말이 필요하신 거였다니까요. 아저씨는 이렇게 말도 안되는 얘기를 들어보셨나요?

가여운 셈플 부인은 일요일에 예배를 빼먹고 낚시나 하러 가는 사람은 죽어서 펄펄 끓는 지옥에 떨어진다고 믿으세요! 저비 도련님이 어려서 아무 주관도 없이 말을 잘 들을 때 더잘 가르쳐야 했다며 뼈저리게 후회하신답니다. 게다가 저비 도련님을 교회에 데리고 나가서 사람들에게 자랑하고 싶어하셨거든요.

어쨌든 우리는 낚시를 했어요. 그분이 작은 물고기를 네

마리 잡으셔서, 모닥불에 구워 점심으로 먹었답니다. 물고기
가 자꾸 꼬챙이에서 빠져 불에 떨어지는 바람에 탄 맛이 조
금 나긴 했어요. 그래도 전부 다 먹었어요. 오후 4시에 집으
로 돌아와서 5시에 마차를 타고 드라이브를 나갔다가 7시에
정찬을 먹었죠. 10시에 자러 들어와서 이렇게 아저씨께 편지
를 쓰고 있답니다.

　이제 슬슬 졸리네요.

안녕히 주무세요.

　이건 제가 잡은 물고기 그림이에요.

어이, 이봐 그 배! 키다리 선장!

그만! 밧줄을 감게! 아하하, 럼주나 한 병 마시세. 요즘 제가 무슨 책을 읽고 있게요? 지난 이틀간 저비 도련님과 저는 뱃사람과 해적처럼 대화했답니다. 《보물섬》은 참 흥미진진하지 않나요? 아저씨도 이 책을 읽어보셨나요? 아니면 아저씨가 어릴 적에는 이 책이 아직 세상에 나오지 않았나요? 스티븐슨은 이 책의 원고료로 겨우 30파운드만 받았대요. 위대한 작가가 되어도 벌이는 신통치 않은가 봐요. 차라리 학교에서 아이들이나 가르칠까 봐요.

편지에서 자꾸 스티븐슨만 이야기해도 아저씨가 이해해주세요. 요즘 제 머릿속에는 온통 스티븐슨 생각뿐이거든요. 록월로우의 서재에서 읽을 만한 거라고는 스티븐슨의 책밖에 없단 말이에요.

이 편지를 이 주일째 붙잡고 있네요. 이만하면 꽤 길게 쓴 것 같아요. 아저씨도 제가 소식을 자세하게 전하지 않았다고 말씀하실 수는 없을 거예요. 아저씨도 여기에 계신다면 얼마나 좋을까요. 다 함께 즐겁게 지낼 수 있을 텐데요. 아저씨와 제 친구들이 서로 알고 지냈으면 좋겠어요. 펜들턴 씨에게 뉴욕에 계시니까 아저씨와 아는 사이인지 물어보고 싶었어요. 아무래도 그럴 것 같았거든요. 아저씨께서도 상류층의 사교 모임에 참석하실 게 분명하잖아요. 또 두 분 다 사회 개혁 같은 문제에 관심이 많으시고요. 하지만 물어볼 수가 없었어요. 저는 아저씨의 진짜 이름을 모르니까요.

아저씨의 이름도 모르다니, 이것보다 더 어처구니없는 일이 어디 있겠어요. 리펫 원장님이 아저씨는 별난 분이라고 언질을 주셨거든요. 틀린 말이 아니었어요!

애정을 담아,
주디 올림

추신. 다시 편지를 읽어보니 스티븐슨 이야기만 한 게 아니네요. 저비 도련님 이야기도 어쩌다 한두 번 등장했으니까요.

9월 10일
아저씨께

그분이 떠나셨어요. 우리 모두 그분을 그리워하고 있답니다! 익숙해진 사람이나 장소, 생활 방식이 불쑥 사라져버리면, 가슴을 에는 지독한 공허가 남아요. 셈플 부인과 나누는 대화가 양념하지 않은 음식 같다는 생각이 새삼스럽게 드네요.

이 주일 후에 개학하면 즐거운 마음으로 다시 학업에 전념할 거예요. 그래도 마냥 놀면서 올여름을 보낸 건 아니랍니다. 단편 소설을 여섯 편, 시를 일곱 편이나 썼으니 꽤 많이 썼죠. 잡지사에 보냈던 글은 전부 최대한 예의를 차려서 칼같이 돌려보냈더라고요. 하지만 신경 쓰지 않아요. 좋은 연습을 해봤다고 생각해야죠, 뭐. 저비 도련님도 그 글을 읽어보셨거든요.(하필 반송 우편물을 그분이 받는 바람에 숨길 수가 없었어요.) 그분은 형편없는 작품이라고 평가하셨어요. 무슨 말을 하는지도 전혀 모르고 썼다는 게 작품에서 다 드러난대요.(저비 도련님은 괜히 예의를 차린답시고 거짓말을 하는 사람이 아니시죠.) 하지만 최근에 쓴 작품(학교에서 개요만 대강 잡아놓은 글)은 나쁘지 않다고 하셨어요. 그분이 손수 타자로 쳐주셔서 제가 잡지사에 보내놓았답니다. 보낸 지 벌써 이 주일이나 됐거든요. 아직도 돌려보내지 않은 걸 보니 고심 중인가 봐요.

아저씨도 지금 하늘을 보셔야 하는데! 아주 이상야릇한 오렌지 색깔이 온 하늘을 뒤덮고 있어요. 곧 폭풍우가 들이닥

치려나 봐요.

'폭풍우'라고 쓴 순간 어마어마하게 커다란 빗방울이 툭 떨어지더니 온 덧문에 비가 요란하게 들이치지 뭐예요. 헐레 벌떡 달려가서 창문을 닫아야 했어요. 그사이에 캐리는 우유 냄비를 한 아름 안고 다락방으로 쏜살같이 뛰어가서 비가 새 는 지붕 아래에 하나씩 놓았고요. 다시 펜을 잡으려는데 문 득 과수원 나무 아래에 쿠션이랑 카펫이랑 모자랑 매튜 아놀 드 시집을 두고 온 게 떠오른 거예요. 얼른 뛰어가 봤지만 전 부 흠뻑 젖어 있었어요. 시집 표지의 빨간색 물이 안쪽까지 다 번져버리고 말았죠. 이제 〈도버 해협〉에는 분홍빛 파도가 몰려올 거예요.

시골에서는 폭풍우가 한 번 들이쳤다 하면 말도 못 하게 난리가 나요. 바깥에 내놓은 그 많은 물건들이 비에 젖어 못 쓰게 되지는 않나 늘 걱정해야 하죠.

목요일

아저씨! 아저씨! 깜짝 놀랄 소식을 전해드릴까요? 우체부 아저씨가 방금 막 편지 두 통을 가져다주셨어요.

첫 번째, 잡지사가 제 단편 소설을 받아줬어요. 원고료는 50달러예요.

그렇다면! 이제 저는 어엿한 작가랍니다.

두 번째, 대학 총무과에서 편지를 보냈어요. 제가 앞으로 2년 동안 장학금을 받게 되어서 학비와 기숙사비를 내지 않아도 된대요. '영문학에 특출나며 다른 과목 역시 전반적으로 우수한' 학생에게 주는 장학금이래요. 제가 그런 장학금을 받은 거예요! 지난 학기가 끝나기 전에 신청서를 냈거든요. 하지만 정말로 장학금을 탈 줄은 꿈에도 몰랐어요. 1학년 때 수학과 라틴어 성적이 엉망이었잖아요. 그런데 제가 해냈어요. 기뻐서 날아갈 것만 같아요, 아저씨. 이제는 아저씨의 부담을 덜어드릴 수 있잖아요. 이제 매달 보내주시는 용돈만으로도 충분하답니다. 아니, 어쩌면 글을 쓰거나 과외를 하거나 해서 용돈도 직접 벌 수 있을 거예요.

얼른 학교로 돌아가서 공부하고 싶어 미칠 지경이랍니다.

언제나 아저씨의
제루샤 애벗

*〈2학년이 게임에서 이겼을 때〉의 저자 올림.
소설은 전국 신문 가판대에서 10센트에 판매 중.*

9월 26일

키다리 아저씨께

다시 대학에 돌아왔고 이제는 상급생이 되었답니다. 올해는 기숙사 공부방이 훨씬 더 좋아졌어요. 남향인 데다 커다란 창문이 두 개나 나 있거든요. 아! 가구도 싹 갖춰져 있어요. 용돈을 무제한으로 받는 줄리아가 이틀 먼저 도착해서 방 꾸미기에 열을 올렸답니다.

벽지도 전부 새로 바르고, 동양에서 수입한 카펫도 깔고, 마호가니 의자도 들여놓았어요. 작년에 마호가니 색으로 칠한 의자만으로도 아주 행복했는데 이번에는 무려 진짜 마호가니 의자를 샀답니다. 방이 정말로 화려하고 멋져요. 하지만 제가 있을 곳이 아닌 것 같아요. 어디에 잉크 자국이라도 묻힐까 봐 늘 조마조마하거든요.

아 참, 아저씨께서 보내신 편지는 잘 받았어요. 아니, 잘못

말했네요. 아저씨의 비서분이 보내신 편지는 잘 받았어요.

제가 장학금을 받으면 안 되는 납득이 갈 만한 이유를 말씀해주시겠어요? 왜 장학금을 반대하시는지 도무지 모르겠어요. 어쨌든 아무리 반대하셔도 이제는 아무 소용없어요. 이미 장학금을 받았거든요. 그리고 절대로 결심을 바꾸지 않을 거예요! 조금 건방지게 들릴 수도 있지만 버릇없이 대들려는 건 결코 아니에요.

아마 아저씨께서는 저를 교육시키겠다고 결정하셨을 때, 끝까지 저를 책임져서 제가 졸업장을 받는 멋진 결말을 보고 싶으셨겠죠.

하지만 잠시라도 제 처지에서 생각해주세요, 아저씨. 물론 저는 오롯이 아저씨께서 지원해주시는 학비에 의지해서 대학에 다닐 수도 있어요. 하지만 저는 그렇게 큰 신세를 질 수 없어요. 제가 돈을 갚기를 바라지 않으신다는 것도 잘 알아요. 그래도 저는 할 수 있다면 꼭 갚고 싶어요. 장학금을 받으면 그게 훨씬 더 수월해질 테죠. 앞으로 남은 평생을 고스란히 빚 갚는 데 써야 한다고 생각했거든요. 하지만 이제 장학금을 받았으니 남은 생의 절반만 그렇게 하면 되잖아요.

아저씨께서 제 처지를 이해하고 언짢아하지 않으셨으면

좋겠어요. 그래도 용돈은 감사한 마음으로 받을게요. 줄리아와 개가 들여온 가구에 맞춰서 생활하려면 용돈이 꼭 필요하니까요! 그 애가 더 소박한 취향을 기르게끔 교육받았다면 얼마나 좋을까요. 아니면 아예 제 룸메이트가 아니거나요.

이건 편지라고 하기에는 많이 부족하네요. 원래는 아주 길게 쓰려고 했거든요. 그런데 창문에 달 커튼 네 개와 칸막이 커튼 세 개의 끝단을 감침질하고(아저씨께서 바늘땀 길이를 보지 못하시니 정말 다행이에요.), 치약 가루로 놋쇠 책상과 집기를 박박 문질러 닦아서 윤을 내고(어쩌나 힘든지 손목이 떨어져 나갈 것 같아요), 손톱 손질용 가위로 사진을 걸 철사를 자르고, 책을 담은 상자 네 개를 풀고, 옷으로 가득한 트렁크 두 개를 열어서 정리하고(제루샤 애벗이 옷을 트렁크 두 개에 꽉 찰 만큼 많이 가지고 있다니 믿기지 않는 일이지만, 정말 사실이에요!), 거기에 중간중간에 인사하러 온 친한 친구들 50명을 맞이하느라 이만 마무리할게요.

개학은 정말 즐거운 행사예요!

안녕히 주무세요, 사랑하는 아저씨. 아저씨의 어린 병아리가 홀로서기를 원한다고 너무 노여워 마세요. 병아리는 기운 찬 암탉으로 자라고 있거든요. 우렁찬 목소리로 꼬꼬댁 울 수도 있고요, 풍성한 깃털도 아름답죠.(전부 아저씨 덕분이에요.)

애정을 담아,
주디 올림

아저씨, 아직도 그 지겨운 장학금 타령이세요? 아저씨 같은 고집불통, 그러니까 완고하고 집요한 데다 말도 안 통하고 다른 사람의 입장은 눈곱만큼도 생각할 줄 모르는 불독 같은 사람은 처음 봐요.

제가 모르는 사람에게서 도움을 받는 게 싫다고 하셨죠.

모르는 사람이라뇨! 그러면 아저씨는요?

제가 아저씨보다 모르는 사람이 이 세상에 어디 있겠어요? 우리가 길에서 마주친다고 해도 저는 아저씨를 못 알아볼 거예요. 자, 아시겠죠, 아저씨? 아저씨께서 분별력 있고 현명하신 분이어서 아버지처럼 다정하고 기운 나는 편지라도 보내주셨더라면, 가끔 저를 찾아와서 머리를 쓰다듬어주며 이렇게 잘 자라줘서 기쁘다고 말씀해주셨더라면, 주디는 착한 딸이 되어서 아저씨처럼 연로하신 분을 무시하지도 않고 무슨 바람이든 고분고분 따랐을 거예요.

모르는 사람이라니! 스미스 씨가 할 말은 절대 아니죠.

게다가 장학금은 자선이 아니에요. 상 같은 거죠. 제가 열심히 노력해서 얻어낸 거잖아요. 영문학에 특출난 학생이 아무도 없었다면 장학 위원회에서 장학생을 아예 뽑지 않았을 거예요. 정말로 장학생이 아예 없는 해도 몇 번 있었대요. 게다가, 아니다. 남자하고 말다툼해서 뭐하겠어요? 스미스 씨는 논리력이라고는 전혀 없는 성별인걸요. 남자의 동의를 얻는 방법은 딱 두 가지예요. 살살 구슬리거나, 아니면 아주 못되게 굴어야 하죠. 그런데 저는 바라는 걸 얻겠답시고 남자를 살살 구슬리는 일을 경멸하거든요. 그러니까 제 고집대로 못되게 굴 수밖에 없어요.

이사님, 저는 장학금을 포기하지 않겠습니다. 만약 한 번만 더 이 일을 문제 삼으신다면, 매달 주시던 용돈마저 거부할 생각입니다. 용돈 벌이를 하느라 멍청한 1학년들을 뼈 빠지게 가르치다가 신경쇠약에 걸려버리렵니다.

이것이 저의 최후통첩입니다!

그러니 제발 제 말 좀 들어주세요. 저도 깊이 생각한 끝에 이런 결론을 내린 거예요. 혹시 제가 장학금을 받는 바람에 다른 사람이 교육 기회를 잃을까 봐 염려하신다면, 제가 해결책을 다 생각해놨답니다. 제게 쓰려던 돈을 존 그리어 고아원에 있는 다른 여자애의 교육비로 기부하시는 거예요. 좋은 생각 같지 않나요? 다만 부탁이 하나 있어요, 아저씨. 어떤 아이를 선택해서 교육시키시든, 저보다 그 애를 조금이라도 더 좋아하지는 말아 주세요.

편지에 적힌 제안을 제가 받아들이지 않았다고 해서 아저씨의 비서분이 상처받지는 않으시겠죠. 상처받는다고 해도 저는 어쩔 수 없어요. 버릇을 잘못 들이면 안 돼요, 아저씨. 지금까지는 아무리 변덕을 부리셔도 제가 순순히 받아줬지만, 이번만큼은 단호하게 대응할 거예요.

완전히, 돌이킬 수 없이,
영영 변하지 않도록
마음을 단단히 먹은,
아저씨의 제루샤 애벗 올림

오늘 구두약 한 병과 옷깃 몇 개, 새 블라우스를 만들 옷감,
바이올렛 크림 한 통, 올리브유 비누를 사려고 시내로 나갔
거든요.(전부 꼭 필요한 물건이에요. 이것들 없이는 한순간도 편하
게 살 수 없답니다.) 그런데 가는 길에 차비를 내려고 보니까
지갑을 다른 코트 주머니에 넣어놓고 안 가져온 거예요. 하
는 수 없이 내려서 다음 전차를 타야 했어요. 그 바람에 체육
시간에 지각하고 말았죠.

기억력이 나쁜데 코트가 두 벌이나 있으면 무지하게 성가
시군요!

줄리아 펜들턴이 크리스마스 방학을 자기 집에서 함께 보
내자고 초대했어요. 어떻게 생각하세요, 스미스 씨? 존 그리
어 고아원 출신 제루샤 애벗이 부잣집 식탁에 앉아 있는 모
습을 상상해보세요. 줄리아가 왜 저를 초대했는지 모르겠어
요. 요즘 저한테 부쩍 정을 붙인 것 같아요. 솔직히 말해서 저
는 샐리네 집에 가고 싶은 마음이 굴뚝 같거든요. 하지만 줄
리아가 먼저 초대했으니, 연말에 어딜 간다면 우스터가 아니

220

라 뉴욕이 될 거예요. 펜들턴 집안사람을 단체로 만난다고 생각하니까 벌써 무서워요. 새 옷도 여러 벌 마련해야겠죠. 그러니까, 사랑하는 아저씨, 만약 제가 학교에 남아 조용히 크리스마스 방학을 보내는 편이 더 낫겠다고 하시면 저는 언제나 그랬듯이 고분고분하게 아저씨의 뜻을 따를게요.

요즘은 틈이 날 때마다 《토머스 헉슬리의 생애와 편지》를 읽고 있어요. 잠시 여유가 생길 때 집어 들고 가볍게 읽기 좋은 책이죠. 아저씨는 아르카이오프테릭스가 뭔지 아세요? 새 이름이에요. 그러면 스테레오그나투스는요? 이건 저도 확실히 모르겠어요. 이빨 달린 새나 날개 달린 도마뱀처럼 진화 과정에 존재했을 것으로 추정되는 동물인가 봐요. 아, 그런 게 아니네요. 방금 책에서 찾아봤는데 중생대 포유동물이래요.

올해는 경제학을 수강하기로 했어요. 세상을 이해하는 데 도움이 되는 과목이잖아요. 경제학을 끝내면 '자선과 개혁' 강의를 들을 거예요. 그 과목을 수강하고 나면 말이죠, 후원 재단 이사님, 저도 고아원 운영 방법을 훤히 깨우칠 거랍니다. 제가 선거권을 얻는다면 훌륭한 유권자가 될 것 같지 않으세요? 제가 지난주에 스물한 번째 생일을 맞았거든요. 저처럼 정직하고, 교양 있고, 양심적이고, 지적인 시민에게 참

정권을 주지 않다니, 이렇게 인재를 낭비하는 나라가 또 있을까요.

언제나 아저씨의
주디 올림

12월 7일

키다리 아저씨께

줄리아네 집에 방문하도록 허락해주셔서 감사해요, 아저씨. 아무 말씀도 없으셨으니 허락해주셨다고 생각할게요.

그간 사교 행사가 어찌나 많았던지 정신이 하나도 없었어요! 지난주에는 개교 기념 무도회가 열렸답니다. 저희는 올해 처음으로 무도회에 참석해봤어요. 상급생만 참석할 수 있거든요.

저는 지미 맥브라이드를 초대했고, 샐리는 오빠의 대학교 룸메이트를 초대했어요. 지난여름에 샐리네 캠프에 놀러 갔다던 친구요. 빨강 머리였는데 아주 괜찮은 사람이더라고요.

줄리아는 뉴욕에 사는 남자를 초대했죠. 그다지 재미있지는 않았지만, 사교 행사에 부르기에는 흠잡을 데 없는 남자였어요. 드 라 메이터 치체스터 가문과 연고가 있대요. 아저씨는 흥미가 생기시나요? 저에게는 아무런 의미가 없는 말이랍니다.

어쨌든, 우리가 초대한 손님들은 금요일 오후에 시간 맞춰 도착했어요. 먼저 4학년 기숙사 복도에서 열린 티파티에 참석했다가 저녁을 먹으러 호텔로 급히 달려갔답니다. 호텔이 꽉 차서 다들 당구대 위에 나란히 누워서 잤다더라고요. 지미 맥브라이드는 다음번에 우리 학교 사교 행사에 올 일이 있으면 애디론댁 캠프장에서 사용하던 텐트를 하나 가져와서 캠퍼스에 쳐놓고 자겠대요.

손님들은 7시 반에 학교로 돌아와서 총장님 주관 환영회와 무도회에 참석했어요. 우리 학교에서는 행사가 일찍 시작하거든요! 우리는 참석할 남자들 명단을 받아서 알파벳 카드를 미리 만들어뒀어요. 춤이 한 곡 끝날 때마다 남자들이 이름 첫 글자가 적힌 카드 아래에 모여서 다음 춤 파트너를 기다리게 할 계획이었죠. 예를 들어, 지미 맥브라이드는 성이 M으로 시작하니까, 여학생이 춤을 청할 때까지 'M' 카드 밑에서 차분하게 기다리는 거죠.(원래는 차분하게 기다려야 했죠. 그런데 자꾸 R이며 S며 다른 글자가 적힌 카드 밑을 오가면서 돌아다녔지 뭐예요.) 아휴, 지미는 데리고 있기가 몹시 까다로운 손님이더라고요. 저랑 춤을 세 번밖에 못 췄다고 부루퉁하게 골을 내는 거예요. 숫기가 없어서 모르는 여자랑은 춤을 출 수 없다나요!

다음 날 아침에는 학생 합창단 공연이 있었어요. 그런데 공연에 오를 새 노래의 재미있는 가사를 누가 썼을까요? 맞아요, 바로 주디예요. 아저씨, 이것 좀 보세요. 아저씨의 요만했던 고아가 유명인사가 되고 있답니다!

아무튼 우리는 이틀 동안 정말 신나게 지냈어요. 손님들도 즐거웠던 모양이에요. 처음에는 천 명이나 되는 여학생을 마주해야 한다는 생각에 몹시 당황했던 남자들도 있었지만 금방 적응하던걸요. 우리의 프린스턴 친구 두 명도 아주 재미있었다고 했어요. 예의를 차린다고 한 말일 수도 있지만요. 어쨌거나 내년 봄에 프린스턴 대학교에서 열리는 무도회에 우리를 초대하겠대요. 우리도 초대를 수락했고요. 그러니까 사랑하는 아저씨, 제발 반대하지 말아 주세요.

줄리아와 샐리와 저 모두 새 드레스를 장만했답니다. 어떤

옷인지 궁금하지 않으세요? 줄리아는 크림색 새틴에 금실 자수를 놓고 보랏빛 난초로 장식한 드레스를 입었어요. 꿈결처럼 환상적으로 아름다웠어요. 파리에서 만든 옷이라는데 백만 달러나 나간대요.

샐리는 페르시아 자수로 가장자리를 장식한 연푸른색 드레스를 입었어요. 연푸른색이 샐리의 붉은 머리칼과 기가 막히게 잘 어울렸답니다. 백만 달러짜리는 아니지만 줄리아의 드레스만큼이나 눈에 띄게 아름다웠어요.

저는 베이지색 레이스와 장미색 새틴으로 가장자리를 꾸민 연분홍색 크레이프드신 드레스를 입었어요. 거기에 지미 맥브라이드가 보내준 진홍색 장미를 달았죠.(어떤 색이 드레스와 잘 어울릴지 샐리가 미리 귀띔해줬대요.) 우리 셋 모두 실크 스타킹과 새틴 실내화를 신고 드레스에 잘 어울리는 시폰 스카프를 둘렀답니다.

드레스에 관해 이렇게 시시콜콜한 내용까지 설명한 걸 보고 아저씨는 적잖이 놀라셨겠죠!

하지만 아저씨, 시폰이니 베네치아 레이스니 수공 자수니 아일랜드 코바늘 뜨개니 하는 단어가 아무런 의미도 없는 말로 들리는 남자의 인생은 얼마나 무미건조할까 싶어요. 반대로 여자의 인생을 잘 생각해보세요. 여자는 주된 관심사가 육아든, 미생물이든, 남편이든, 시든, 가정부든, 평행 사변형이든, 원예든, 플라톤이든, 브리지 카드 게임이든 기본적으로 언제나 옷에 관심이 있잖아요.

바로 이 자연스러운 감정 덕분에 온 인류가 하나가 되는 거예요.(이건 제 생각이 아니에요. 셰익스피어의 희곡에서 따온 말이랍니다.)

그나저나 원래 하려던 이야기로 돌아갈게요. 아저씨, 제가 최근에 발견한 비밀 하나 알려드릴까요? 먼저 저를 허영덩어리로 생각하지 않겠다고 약속해주세요. 자, 그러면 말씀드릴게요.

저는 예뻐요.

정말로, 저는 예뻐요. 방에 거울이 세 개나 있는데도 그걸 모르면 정말 답도 없는 바보 멍청이가 아니겠어요.

어느 친구로부터

추신. 이 편지는 소설에 등장할 법한 짓궂은 익명의 편지랍니다.

지금은 시간이 정말로 얼마 없어요, 아저씨. 앞으로 강의를
두 개나 더 듣고 나서 트렁크와 여행 가방에 짐을 꾸려 4시
기차를 타야 하거든요. 그래도 아저씨께 크리스마스 선물을
보내주셔서 정말로 감사하다는 편지를 쓰지 않고는 떠날 수
가 없는걸요.

모피도, 목걸이도, 리버티 스카프도, 장갑도, 손수건도, 책
도, 지갑도 너무너무 좋아요. 하지만 무엇보다도 아저씨가 가
장 좋아요! 하지만 아저씨, 이런 식으로 제 버릇을 잘못 들이
시면 안 돼요. 저도 한낱 사람, 그것도 평범한 여자애일 뿐이
잖아요. 이렇게 화려하고 사치스러운 선물로 제 마음을 흔들
어놓으시면, 어떻게 제가 한눈팔지 않고 학업에 매진할 수
있겠어요?

존 그리어 고아원에 해마다 크리스마스트리를 세워주시고
일요일마다 아이스크림을 보내주시던 후원 재단 이사님이
누구인지 이제야 알 것 같네요. 익명으로 보내주셨지만, 누구
인지 분명히 알겠어요! 아저씨는 좋은 일을 많이 하셨으니

꼭 행복하실 거예요.

안녕히 계세요. 그리고
메리 크리스마스.

영원히 아저씨의
주디 올림

추신. 저도 약소하나마 선물을 하나 보내드려요. 아저씨는 주디
를 직접 만나고 나서도 주디를 계속 좋아해 주실 건가요?

1월 11일

원래는 뉴욕에서 편지를 쓰려고 했거든요, 아저씨. 그런데
뉴욕에 정신이 팔려서 편지 쓸 겨를이 없었지 뭐예요.

뉴욕에서는 흥미로운 시간을 보냈답니다.(많이 배우기도 했
고요.) 하지만 제가 그런 집안의 사람이 아니라서 정말 다행
이에요! 차라리 존 그리어 고아원 출신인 편이 훨씬 더 나아
요. 제가 자란 곳이 아무리 흠이 많았다고 해도, 최소한 가식
적인 환경은 아니었으니까요. 물질에 짓눌린다는 말이 무슨

의미인지 이제야 알겠어요. 그 집안의 물질적인 분위기가 어찌나 압도적인지 꼼짝할 수도 없었죠. 돌아오는 급행열차에 몸을 싣기 전까지는 숨조차 제대로 쉴 수 없었다니까요. 그 집의 가구란 가구는 죄다 아름답게 조각되어 있거나 고급스럽게 장식되어 있어서 호화롭기 그지없었어요. 그 집에서 만난 사람들도 모두 화려하게 꾸미고 있고 나지막한 목소리로 대화하며 품위 있게 행동했죠. 하지만 아저씨, 사실대로 말하자면 그 집에 들어서서 떠나는 순간까지 진심을 담은 말은 단 한마디도 듣지 못했어요. 그 집 현관으로 생각이라는 게 단 한 번이라도 들어선 적이 있나 싶어요.

펜들턴 부인은 보석이랑 의상실이랑 사교 모임밖에 모르시더라고요. 맥브라이드 부인하고는 전혀 다른 어머니였어요! 만약 제가 결혼해서 가정을 꾸리게 된다면, 있는 힘을 다해 맥브라이드네처럼 꾸릴 거예요. 이 세상 돈을 전부 다 준다고 해도 자식들을 펜들턴네 아이들처럼 키우지는 않을 거예요. 초대해준 사람들을 험담하는 건 예의에 어긋나는 일이겠죠? 그래도 부디 용서해주세요, 아저씨. 이건 아저씨와 저 단둘이서만 아는 비밀로 해요.

저비 도련님은 티타임 때 딱 한 번 봤어요. 그마저도 둘이서 따로 이야기를 나눌 기회조차 없었죠. 얼마나 실망스러웠는지 몰라요. 지난여름에 그토록 즐겁게 지내고 처음 보는 건데 말이에요. 저비 도련님은 친척들을 별로 안 좋아하는 눈치였어요. 친척들도 저비 도련님을 좋아하지 않는다는 건 훤히 보였고요! 줄리아의 어머니는 그분이 정신 나간 사람이래요. 그나마 천만다행으로 머리를 기르지 않고 붉은 넥타이를 매지 않았다뿐이지 사회주의자라면서요. 펜들턴 가문은 대대로 영국국교회를 믿었는데, 그분은 도대체 어디서 그렇게 별난 사상을 배웠는지 모르겠다고 하던걸요. 요트나 자동차, 폴로 경기용 조랑말처럼 그럴듯한 것은 다 내버려 두고 개혁이니 뭐니 하는 미친 짓에 돈을 갖다버린대요. 하지만 저비 도련님은 그 돈으로 사탕을 사주시는 걸요! 이번 크리스마스에 줄리아와 저에게 사탕을 한 상자씩 보내주셨거든요.

아저씨께서도 아시다시피 저도 사회주의자가 될 것 같아요. 반대하지 않으시죠, 아저씨? 사회주의는 무정부주의와 꽤 다르답니다. 폭탄을 던져 사람들을 날려버리는 일 따위는 지지하지 않아요. 어쩌면 저는 타고난 사회주의자일지도 몰라요. 저는 프롤레타리아 계급이잖아요. 앞으로 어떤 사상을 받아들일지 아직 확실하게 정하지는 않았지만요. 일요일에 이 문제를 깊이 생각해보고 다음 편지에서 제 결심을 분명히 알려드릴게요.

뉴욕에 있는 동안 극장이며 호텔이며 아름다운 저택을 지 겹도록 봤어요. 아직도 제 머릿속은 오닉스와 금박 장식과 모자이크 바닥과 야자나무 같은 호사스러운 장식으로 뒤죽 박죽 엉망이랍니다. 여전히 숨을 제대로 쉬기 어렵지만, 그래 도 책으로 가득한 학교로 돌아와서 마음이 한결 편해요. 저 는 그야말로 학생이 체질인가 봐요. 차분하게 학업에 전념하 는 이곳 분위기가 뉴욕보다 더 상쾌해요. 저는 대학 생활이 참 마음에 들어요. 책을 읽고 공부하고 꼬박꼬박 수업을 들 으니 늘 정신이 맑게 깨어 있잖아요. 그러다 머리가 피곤해 지면 체육관이나 야외로 나가서 운동할 수도 있죠. 게다가 나와 생각이 똑같고 마음이 잘 통하는 친구들도 언제나 가득 하고요. 우리는 저녁 내내 아무것도 하지 않고 그저 얘기하 고 또 얘기하다가 우리가 세상의 긴급한 문제를 영원히 해결 하기라도 한 양 한껏 들떠서 잠자리에 들곤 한답니다. 또 틈 만 나면 그때그때 불쑥 떠오르는 사소한 것들에 관해 엉뚱하 고 시시한 농담을 재잘거리곤 하죠. 그런데 그 말도 안 되는 농담이 얼마나 재미있는지 몰라요. 우리 스스로 그 재치에 감탄한다니까요!

정말로 중요한 건 대단한 기쁨이 아니에요. 소소한 기쁨을 한껏 즐기는 것, 그게 중요하죠. 아저씨, 제가 참된 행복의 비결을 알아냈어요. 바로 현재를 사는 거예요. 지나간 일을 영원히 후회하거나, 다가올 일을 미리 걱정하는 게 아니라 지금 바로 이 순간을 최대한으로 누려야 해요. 농사를 짓듯이요. 농사 방식에는 넓은 땅에서 대규모로 경작하는 조방적 농업과 좁은 땅을 일궈 최대한으로 생산하는 집약적 농업이 있어요. 앞으로 저는 집약적 삶을 살 거랍니다. 매 순간을 즐길 거고, 또 나 자신이 그렇게 즐긴다는 걸 의식하면서 살아갈 거예요.

사람들은 대부분 삶을 살지 않아요. 그저 경주할 뿐이죠. 저 멀리 지평선에 놓인 결승점에 도달하려고 온 힘을 짜내서 달려가기만 해요. 냅다 달리는 데만 열중하니까 숨이 가쁘고 헐떡거려서 주변의 아름답고 평화로운 풍경을 모두 놓치고 말아요. 그러다가 문득 깨닫는 거죠. 자기가 다 늙고 지쳤다는 사실을요. 또 결승점에 도달하고 도달하지 못하고는 그렇게 중요하지 않다는 사실도요. 저는 길가에 앉아서 작은 행

복을 많이 쌓기로 마음먹었어요. 위대한 작가가 되지 못한다고 해도요.

제가 이렇게나 대단한 철학자로 성장하고 하고 있다는 사실을 아셨나요?

언제나 아저씨의
주디 올림

추신. 오늘 밤에는 비가 억수같이 쏟아지네요. 방금 커다란 빗방울이 창틀을 때렸어요.

친애하는 동지에게

만세! 나도 이제 페이비언이라네.

페이비언은 기꺼이 때를 기다릴 줄 아는 사회주의자라네. 우리는 사회주의 혁명을 하루아침에 이루려고 하지 않는다네. 그러면 혼란이 극심할 테니까 말일세. 우리는 먼 훗날에, 모두 탄탄히 준비되어서 충격을 견뎌낼 수 있을 때 사회주의 혁명이 점진적으로 이룩되기를 바란다네.

그날이 올 때까지 우리는 산업과 교육, 고아원을 개혁하며 준비하고 있어야 한다네.

월요일 3교시.
동지애를 담아,
그대의 주디 올림

2월 11일
─────────────
키다리 아저씨께
─────────────

이번 편지가 너무 짧다고 언짢아하지 마세요, 아저씨. 이건 편지가 아니에요. 곧 시험이 다 끝나면 편지를 쓰겠다고 알려드리는 안내장일 뿐이랍니다. 저는 시험을 그냥 통과하는 게 아니라, 우수한 성적으로 통과해야 하거든요. 장학생에게 걸맞은 성적을 받아야 하잖아요.

열심히 공부하는,
아저씨의 J. A. 올림

3월 5일
키다리 아저씨께

오늘 저녁에 커일러 총장님이 요즘 젊은 세대는 경솔하고 천박하다는 내용으로 연설하셨어요. 우리가 성실하게 노력하고 진심으로 학문을 추구한다는 옛 이상을 다 잃어버렸대요. 이런 경향은 조직과 권위를 향한 불손한 태도에서 특히나 두드러진다고 말씀하셨죠. 우리가 윗사람들에게 마땅히 보여야 할 존경심을 더는 드러내지 않는다면서요.

예배당을 나서면서 진지하게 생각해봤답니다.

제가 너무 격식 없이 굴었나요, 아저씨? 아저씨께 더 예의를 차려서 정중하게 대해야 할까요? 그래요, 아무래도 그래야 할 것 같아요. 자 그럼, 편지를 다시 시작할게요.

스미스 선생님 귀하

제가 중간고사를 우수한 성적으로 통과하고 새 학기 공부를 시작했으니, 모쪼록 기뻐해 주시기 바랍니다. 정성 분석

과정을 끝마쳤으니 화학을 마무리하고 생물학 공부에 들어갈 예정입니다. 생물학 강의에서는 지렁이와 개구리를 해부한다는 사실을 듣고 얼마간 고민한 끝에 수강 신청을 결정했습니다.

지난주에는 예배 시간에 프랑스 남부의 고대 로마 유적에 관한 지극히 흥미롭고 유익한 강의를 들었습니다. 이 주제를 그렇게나 명쾌하게 설명하는 강론은 처음이었습니다.

요즘 영문학 강의와 연계해서 워즈워스의 시 〈틴턴 수도원〉을 읽고 있습니다. 참으로 아름답고 섬세한 작품입니다. 작가가 범신론에 관한 생각을 어찌나 절묘하게 구현해놓았던지요! 셸리와 바이런, 키츠와 워즈워스 같은 시인들의 작품으로 대표되는 지난 세기 초의 낭만주의 사조가 그보다 앞선 고전주의 사조보다 훨씬 더 매력적입니다. 시 이야기가 나와서 드리는 말씀이온데, 혹시 귀하께서는 테니슨이 쓴 매혹적인 시 〈럭슬리 홀〉을 읽어보셨는지요?

최근 저는 체육 수업에 꼬박꼬박 출석하고 있습니다. 감독관 제도가 신설되어 규칙을 따르지 않으면 몹시 곤란해지기 때문입니다. 체육관에는 시멘트와 대리석으로 지은 아름다운 수영장이 있습니다. 졸업한 선배가 기부해주신 것이지요.

저의 룸메이트인 맥브라이드 양이 입던 수영복을 제게 주었습니다.(수영복이 줄어들어서 입을 수 없어졌기 때문입니다.) 그래서 수영 강습을 들어보려고 합니다.

어제저녁에는 디저트로 맛좋은 분홍색 아이스크림이 나왔습니다. 학교에서는 음식에 색을 낼 때 오직 식물성 색소만 사용합니다. 학교 당국이 심미적 이유와 위생 문제로 아닐린 색소 사용을 엄격하게 금지하기 때문입니다.

요즘 날씨는 이상적입니다. 햇살이 밝게 빛나고 구름이 몇 점 군데군데 떠 있는 날이 이어지다가 가끔 반가운 눈보라가 찾아옵니다. 저와 학우들은 강의를 들으러 오갈 때 캠퍼스를 거니는 일을 즐깁니다.(강의를 마치고 돌아가는 길이 더 좋습니다.)

친애하는 스미스 선생님, 언제나처럼 건강하시리라 믿고 이만 편지를 줄입니다.

귀하의 가장 다정한 벗으로 남을
제루샤 애벗 배상

봄이 돌아왔어요! 캠퍼스가 얼마나 예쁜지 아저씨도 보셔야 하는데 말이에요. 아저씨도 한 번 우리 학교에 오셔서 두 눈으로 직접 보셨으면 좋겠어요. 지난 금요일에 저비 도련님이 또 이곳에 들르셨어요. 그런데 날을 골라도 한참 잘못 고르신 거 있죠. 그분이 오셨을 때 하필 제가 샐리와 줄리아와 함께 기차를 타러 서둘러 나가고 있었거든요. 우리가 어디로 가고 있었게요? 바로 프린스턴 대학교랍니다. 세상에, 우리가 무도회와 야구 경기에 초대받았거든요! 가도 괜찮은지 일부러 여쭤보지 않았어요. 어쩐지 아저씨의 비서분께서 안 된다고 하실 것 같아서요. 하지만 정식 절차를 완벽하게 거친 방문이었어요. 학교에서 외출 허가도 받았고 맥브라이드 부인도 동행하셨거든요. 아주 멋진 시간을 보냈답니다. 하지만 자세한 내용은 생략할게요. 하나하나 다 쓰기에는 일이 너무 많았고 또 복잡해서요.

동이 트기도 전에 일어났어요! 야간 당직자가 우리(모두 여섯 명)를 깨웠거든요. 우리는 보온용 냄비로 커피를 끓여서 마시고(가루가 그렇게 많이 둥둥 떠다니는 커피는 아마 못 보셨을 거예요!) 해돋이를 보러 원트리 힐 꼭대기까지 3킬로미터 넘게 걸어갔어요. 마지막 경사지에서는 거의 기어가야 했죠! 하마터면 해님에게 질 뻔했답니다! 아저씨는 우리가 탈진해서 입맛도 다 잃고 아침을 걸렀을 거라고 생각하시겠죠!

어머나, 아저씨, 오늘따라 제가 고래고래 소리치는 것 같네요. 편지지에 느낌표를 엄청나게 뿌려댔어요.

아저씨, 원래는요, 나무에 싹이 움트고 있다는 이야기랑 운동장에 석탄재를 새로 깔아서 경주용 트랙을 만들었다는 이야기랑 내일 기다리고 있는 생물학 수업이 끔찍하다는 이야기랑 호수에 새 카누를 띄웠다는 이야기랑 캐서린 프렌티스가 폐렴에 걸렸다는 이야기랑 총장님이 키우는 앙고라 새끼 고양이가 가출해서 이 주 동안이나 퍼거슨홀에서 지내다가 청소부 아주머니에게 들켰다는 이야기랑 드레스 세 벌을 새로 샀다는 이야기(흰색, 분홍색, 파란색 물방울무늬 드레스에 잘 어울리는 모자까지 하나 샀죠.)를 모두 알려드리려고 했거든요. 그런데 지금 졸려서 견딜 수가 없어요. 제가 늘 졸리다는 핑계를 대는 것 같죠? 하지만 여자 대학은 아주 바쁘게 돌아가는 곳이라 하루를 마무리할 때쯤이면 녹초가 되어버린답니다! 동이 트기도 전에 하루를 시작하는 날이면 더욱더 피곤하고요.

애정을 담아,
주디 올림

5월 15일

키다리 아저씨께

전차에 타면 다른 사람은 절대로 쳐다보지 않고 그저 정면만 빤히 응시하는 게 예의 바른 태도인가요?

오늘 전차에 아주 아름다운 벨벳 드레스를 입은 아주 아름다운 숙녀가 탔거든요. 그런데 15분 동안이나 무표정한 얼굴로 가터벨트 광고만 쳐다보더라고요. 자기 혼자만 중요한 사람인 양 다른 사람은 거들떠보지도 않는 태도야말로 예의에 어긋나는 것 같아요. 게다가 그런 식으로 행동하면 놓치는 게 아주 많단 말이에요. 그 숙녀분이 멍청한 광고에 푹 빠져 있는 동안 저는 전차를 가득 메운 흥미로운 사람들을 모두 관찰했답니다.

함께 보내는 그림은 이 편지에서 처음으로 공개하는 거예요. 거미줄 끝에 매달린 거미처럼 보이지만, 전혀 아니랍니다. 체육관 수영장에서 수영을 배우는 제 모습이에요.

제 허리띠 뒷부분에 고리가 달려 있거든요. 강사님이 거기에 밧줄을 걸어서 천장에 있는 도르래에 연결했어요. 강사님이 성실하게 나를 지켜보고 있다고 완전히 신뢰할 수 있다면야 더할 나위 없이 좋은 방법이죠. 그런데 저는 강사님이 밧줄을 너무 느슨 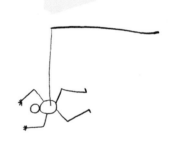 하게 풀어버리지는 않을까 늘 걱정스러워요. 그래서 한쪽 눈으로는 강사님을 불안하게 쳐다보고, 다른 한쪽 눈으로만 수영하죠. 이렇게 집중력이 흐트러져 있으니 좀처럼 실력이 늘

지 않네요.

요새는 날씨가 정말이지 변덕스러워요. 막 편지를 쓰기 시작했을 때는 비가 내리더니 지금은 또 해가 쨍쨍하네요. 샐리랑 테니스를 치러 나가기로 했어요. 이것도 운동이니까 체육 수업을 한 번쯤은 빠져도 되겠죠.

일주일 후

이 편지를 진작 부쳤어야 했는데 그러질 못했네요. 제가 편지를 매달 같은 날짜에 꼬박꼬박 보내지 않아도 괜찮으시죠, 아저씨? 저는 아저씨께 편지를 쓰는 게 정말로 정말로 좋아요. 제게도 가족이 있는 것 같아서 아주 근사한 기분이 들거든요. 아저씨, 제가 비밀 하나 알려드릴까요? 제가 편지를 쓰는 사람은 아저씨 한 분만이 아니랍니다. 두 명이 더 있어요! 올겨울에 저비 도련님께서 수려한 장문의 편지를 보내주셨어요.(줄리아가 필체를 알아볼 수 없게 봉투에는 타자기로 주소를 치시죠.) 이렇게 깜짝 놀랄 일이 또 있을까요? 그리고 대개 노란 편지지에 제멋대로 휘갈겨 쓴 편지가 거의 일주일에 한 번씩 프린스턴 대학교에서 온답니다. 이렇게 편지를 받으면 저도 절대로 잊지 않고 재깍 답장을 보내고요. 자, 이제 아시겠죠. 저도 다른 여자애들과 별반 다르지 않아요. 저도 편지를 주고받는다고요.

제가 상급생 연극부원으로 뽑혔다는 소식을 알려드렸던가요? 상급생 연극부는 아무나 들어갈 수 있는 곳이 아니랍니다. 전교생 천 명 가운데 오직 일흔다섯 명만 부원이 될 수 있으니까요. 그런데 확고한 사회주의자가 이런 모임에 들어가도 된다고 생각하세요?

아저씨, 요즘 제가 사회학 강의에서 어떤 주제에 열중하고 있는지 알고 계시나요? 바로(기대하시라!) '보호자가 없는 아동의 보호'에 관해 논문을 쓰고 있답니다. 교수님이 논문 주제를 무작위로 나눠주셨는데 제가 바로 이 주제에 걸린 거예요. 참 우스워요, 그렇지 않나요?

저녁 식사를 알리는 종이 울리네요. 식당으로 가면서 우체통에 편지를 넣어야겠어요.

애정을 담아,
주디 올림

요즘 눈코 뜰 새 없이 바빠요. 열흘 후면 종강이고, 당장 내일 기말고사를 치거든요. 해야 할 공부도 산더미고, 싸야 할 짐도 산더미예요. 그 와중에 바깥세상이 너무도 아름다워서 방구석에만 틀어박혀 있으려니 무지하게 괴롭네요.

하지만 괜찮아요. 방학이 다가오고 있잖아요. 줄리아는 올여름에 해외로 나간대요. 이번이 벌써 네 번째 해외여행이래요. 재화가 고르게 분배되지 않는다는 사실은 한 치도 의심할 수 없네요, 아저씨. 샐리는 늘 그렇듯 애디론댁산맥의 별장으로 갈 거예요. 그러면 저는 여름 방학에 뭘 할 것 같으세요? 아마 답이 세 가지쯤 떠오르시겠죠. 록 윌로우일까요? 땡, 아니에요. 그러면 샐리와 함께 애디론댁 캠프장으로 갈까요? 땡, 역시 틀렸어요.(다시는 도전하지 않을 거예요. 작년에 어마어마하게 실망한 걸로 충분하니까요.) 다른 답은 떠오르지 않으시나요? 그렇다면 창의력이 부족하신 거예요. 그럼 말씀드릴게요, 아저씨. 그 대신 크게 반대하지 않는다고 약속해주셔야 해요. 그리고 아저씨의 비서분께도 미리 경고해두는데, 저 정말로 굳게 마음먹었어요.

이번 여름 방학에는 찰스 패터슨 부인의 바닷가 별장에서
지낼 거예요. 올가을에 대학에 들어가는 따님의 가정교사로
일하기로 했답니다. 패터슨 부인은 맥브라이드 가족의 소개
로 알게 된 분인데, 몹시 매력적이세요. 그 댁의 작은 따님에
게도 영문학과 라틴어를 가르치기로 했지만, 저만을 위한 시
간도 얼마간 낼 수 있어요. 게다가 한 달에 50달러나 받기로
했답니다! 아저씨께는 입이 떡 벌어질 만큼 터무니없는 액수
가 아니려나요? 먼저 제안받은 금액이에요. 제가 제안해야
했다면 민망해서 25달러 위로는 말도 못 꺼냈을 거예요.

9월 첫째 주까지 매그놀리아(패터슨 부인 댁이 있는 곳이요.)
에서 지내기로 했거든요. 남은 3주는 록 윌로우에서 보내려
고 해요. 셈플 씨 부부와 정든 동물 친구들 모두 다시 보고
싶어요.

저의 여름 방학 계획이 어떠신가요, 아저씨? 보시다시피
저는 자립하고 있어요. 아저씨께서 저를 일으켜 세워주셨죠.
이제는 저 혼자서도 걸을 수 있을 것 같아요.

프린스턴 대학교의 졸업식이랑 우리 학교 기말고사가 딱
겹치고 말았지 뭐예요. 말도 못 하게 실망스러워요. 그날 샐

리랑 같이 시간 맞춰 프린스턴 대학교에 가보려고 했는데 완전히 불가능해졌어요.

안녕히 계세요, 아저씨. 여름을 멋지게 보내시고, 새로운 한 해를 위해 푹 쉬고 재충전해서 가을에 돌아오세요.(이건 아저씨께서 제게 해주셔야 하는 말인데요!) 아저씨께서는 여름에 무엇을 하시는지, 아니면 어떻게 여가를 즐기시는지 도무지 모르겠어요. 아저씨가 어떤 환경에서 지내시는지 전혀 상상할 수가 없으니까요. 아저씨는 골프를 치시나요, 아니면 사냥을 하시나요, 아니면 말을 타시나요, 그것도 아니라면 햇볕을 쬐면서 사색에 잠기시나요?

어쨌든, 무슨 일을 하시든 즐겁게 지내시길 바라요. 그리고 주디를 잊지 말아 주세요.

6월 10일
아저씨께

이렇게 쓰기 힘겨운 편지는 처음이에요. 하지만 저는 어떻게 해야 할지 굳게 결심했고, 절대로 마음을 바꾸지 않을 거예요. 이번 여름에 저를 유럽에 보내주겠다고 제안하시다니, 아저씨는 이루 말할 수 없이 다정하고 친절하고 너그러우세요. 사실 그 솔깃한 제안에 잠시나마 마음이 흔들렸답니다. 하지만 정신을 차려서 냉철하게 다시 생각해보니 안 되겠어요. 아저씨께서 주시겠다는 학비는 거절해놓고 놀러 가는 데 들어갈 돈은 받는다는 건 앞뒤가 안 맞잖아요! 제가 그렇게 사치스러운 생활에 젖어 들게 버릇을 들이시면 안 돼요. 사람은 가져보지 못한 것은 탐내지 않아요. 하지만 누구든지 태어나면서부터 당연히 자신의 것이라고 생각했던 게 없어지면 지독하게 힘거워하는 법이랍니다. 샐리와 줄리아와 함께 지내다 보면 제 금욕적인 정신이 어마어마하게 압박을 받아요. 샐리랑 줄리아는 둘 다 아기였을 때부터 가진 게 많았잖아요. 그래서 행복을 당연하게 여겨요. 자기가 원하는 것이라면 무엇이든 세상이 줘야 한다고 생각하죠. 어쩌면 세상이 정말로 그 아이들에게 전부 빚지고 있는지도 몰라요. 어쨌거나 세상이 진짜로 빚졌다는 걸 인정하고 갚는 것처럼 보인다니까요. 하지만 저는요, 세상으로부터 받아낼 수 있는 게 단 하나도 없어요. 세상은 제게 빚진 것이 없다고 처음부터 똑 부러지게 말했죠. 저는 무엇이든 외상으로 빌릴 수도 없어요. 언젠가는 세상이 저의 외상 요구를 거절할 날이 올 테니까요.

세상이니, 빛이니, 은유의 바다 한가운데서 허우적대고 있는 것 같네요. 하지만 제가 무슨 말을 하는지 아저씨는 이해하셨죠? 어쨌든, 이번 여름 방학에 가정교사로 일하면서 자립할 길을 마련하는 것만이 제가 해야 할 올바른 일이라고 생각해요.

매그놀리아
나흘 후

편지를 바로 여기까지 썼을 때 무슨 일이 일어났게요? 가정부가 저비 도련님이 보낸 엽서를 들고 왔답니다. 그분도 올여름에 해외로 나가신대요. 줄리아네 가족과 함께 가는 건 아니고요, 혼자서 가는 거래요. 사실, 아저씨께서 저를 유럽에 보내주시려 했다는 이야기를 저비 도련님께 했거든요. 다른 여학생들이랑 보호자 격으로 동행하는 부인을 따라가길 원하신다고요. 왜 얘기했냐면 저비 도련님이 아저씨를 아시거든요. 그러니까, 저희 엄마 아빠가 모두 돌아가시고 친절한 노신사분이 저를 대학에 보내주셨다는 정도만요. 존 그리어 고아원이랑 다른 자세한 이야기는 차마 용기가 나지 않아서 솔직하게 말하지 못했어요. 그래서 그분은 아저씨가 우리 가족과 인연이 깊은 오랜 친구로서 제 후견인이 되어주셨다고 생각하세요. 제가 아저씨를 전혀 모른다는 말은 절대 하지 않았답니다. 그러면 얼마나 이상해 보이겠어요!

어쨌든 저비 도련님도 저보고 유럽에 가라고 아주 강하게 말씀하셨어요. 유럽 여행은 제 교육에서 꼭 필요한 부분이니까 거절은 꿈도 꾸지 말래요. 게다가 자기도 그 무렵 파리에 있을 예정이니, 가끔 보호자 부인의 눈을 피해 슬쩍 빠져나와서 함께 근사하고 흥미롭고 이국적인 레스토랑에서 식사하자고도 하셨어요.

휴, 아저씨, 정말로 솔깃했어요! 거의 넘어갈 뻔했다니까요. 지나치게 강압적인 말투만 아니었어도 완전히 넘어갔을 거예요. 저는 말이죠, 차근차근 꼬드기면서 설득해야 하는 사람이지 강제로 뭘 시킬 수 있는 사람이 아니거든요. 그분은 저더러 어리석고 멍청하고 분별없는 공상가에 바보 멍청이, 고집불통 어린애래요.(이건 그분이 제게 퍼부은 모욕적 언사 중

일부에 지나지 않는답니다. 나머지는 생각조차 안 나네요.) 또 저보고 뭐가 진짜로 좋은지도 모르는 애라고 하셨어요. 손윗사람이 시키는 대로 따라야 한다면서요. 거의 말다툼할 뻔했어요. 확실히 기억나지는 않지만, 거의 싸운 거나 다름없죠!

어쨌거나 저는 후다닥 짐을 챙겨서 여기로 와버렸어요. 아예 결판을 내버리고 나서 아저씨께 편지를 보내는 게 낫다고 생각했거든요. 이제는 절대로 돌이킬 수 없어요. 저는 클리프 탑(패터슨 부인의 시골 별장 이름이에요.)에 짐을 풀었어요. 그리고 플로렌스(이 댁의 둘째딸)는 벌써 라틴어 제1 격 변화 명사와 씨름 하고 있답니다. 고생 좀 해야 할 거예요! 이렇게 응석받이로 자란 애는 처음 봐요. 공부하는 방법부터 먼저 가르쳐야 할 판이랍니다. 아이스크림을 먹고 청량음료를 마시는 것보다 더 어려운 일에는 평생 머리를 써본 적이 없는 애거든요.

우리는 해안 절벽에 자리 잡은 별장의 조용한 구석방을 공부방으로 쓰고 있어요. 패터슨 부인은 제가 아이들을 데리고 밖으로 나가서 공부하기를 바라세요. 하지만 눈앞에 펼쳐진 푸른 바다와 그 위를 떠다니는 배들을 보고 있자니 오히려 제가 집중하기 어렵더라고요! 저 배를 타고 멀리 외국으로 나간다는 상상에 빠질 때면…. 아니에요, 저는 라틴어 문법

말고 다른 것은 절대로 생각하지 않을 거예요.

전치사 a 혹은 ab, absque, coram, cum, de, e 또는 ex, prae, pro, sine, tenus, in, subter, sub, super는 탈격을 지배한다.

보셨죠, 아저씨. 저는 유혹이 될 만한 것에는 눈길 한 번 주지 않고 벌써 일에만 전념하고 있답니다. 그러니 부디 노여워하지 말아 주세요. 그리고 제가 아저씨의 친절함에 감사할 줄 모르는 배은망덕한 아이라고 생각하지도 말아 주세요. 저는 언제나, 언제나 아저씨의 은혜에 감사하고 있거든요. 제가 아저씨의 은혜에 보답할 수 있는 길은 매우 쓸모 있는 시민이 되는 것뿐이랍니다.(그런데 여자도 시민인가요? 아무래도 아닌 것 같아요.) 어쨌거나, 매우 쓸모 있는 사람이 될 거예요. 아저씨가 저를 바라보시면서 "저 매우 쓸모 있는 사람을 키워낸 사람이 바로 나지."라고 말씀하실 수 있게요.

참 멋진 생각이죠. 아닌가요, 아저씨? 하지만 아저씨를 속이고 싶지는 않아요. 가끔은 제가 전혀 대단한 사람이 아니라는 기분이 들거든요. 장래를 계획하는 일은 아주 재미있지만 저도 십중팔구 여느 사람과 별다를 것 없는 평범한 사람일 거예요. 어쩌면 장의사와 결혼해서 남편의 일에 영감을 불어넣어 주는 걸로 끝날지도 모르죠.

언제나 아저씨의
주디 올림

8월 19일

키다리 아저씨께

제 방 창밖으로 펼쳐진 풍경이 얼마나 아름다운지 몰라요. 정확히는 바다 풍경이라고 해야겠죠. 사방에 바닷물과 암벽밖에 없거든요.

여름이 지나가고 있어요. 저는 요즘 아침마다 돌머리 여학생 둘에게 라틴어와 영어와 대수학을 가르쳐요. 매리언이 대학에 갈 수나 있을지 모르겠어요. 간신히 입학한다고 해도 학교에서 버틸 수나 있을까요. 그리고 플로렌스 말이에요, 걔는 아예 가망이 없어요. 하지만 정말로 예쁜 아이랍니다. 이렇게나 예쁜데 머리가 나쁘든 말든 무슨 상관일까요? 그래도 이 애들이 나중에 결혼하면 남편이 대화하면서 얼마나 따분

해할까 하는 생각이 드는 건 어쩔 수가 없네요. 용케도 똑같이 멍청한 남편을 만나길 바라야죠. 분명히 그럴 수 있을 거예요. 이 세상에는 멍청한 남자가 그득하잖아요. 올여름만 해도 벌써 몇 명이나 봤거든요.

오후에는 해안 절벽을 거닐기도 하고, 물때가 알맞으면 수영도 한답니다. 바닷물에서 수영하는 것도 식은 죽 먹기더라고요. 대학에서 수영을 배워둔 게 벌써 이렇게 빛을 발하네요!

파리에서 저비스 펜들턴 씨가 편지를 보내셨어요. 내용이 꽤 짧고 간단하더라고요. 제가 조언을 따르지 않아서 아직도 용서할 마음이 안 생기셨나 봐요. 어쨌든 그분이 때맞춰 귀국하시면 새 학기가 시작되기 전에 며칠간 록 윌로우에서 만날 수 있을 거예요. 그때 제가 아주 상냥하고 다정하고 고분고분하게 굴면 아마 다시 저를 좋게 봐주시겠죠.(생각해본 끝에 내린 결론이랍니다.)

샐리도 편지를 보냈어요. 9월에 자기네 별장으로 와서 2주 동안 같이 지내자고 하던걸요. 아저씨께 허락을 받아야 하나요? 저는 아직도 제가 가고 싶은 곳에 마음대로 갈 수 없나요? 아뇨, 이제 저는 제가 가고 싶은 곳이라면 마음대로 갈 수 있어요. 아시다시피 저도 이제 4학년이잖아요. 여름 내내 일만 했으니까, 건강을 생각해서 조금 쉬고 싶어요. 또 애디론댁산맥도 보고 싶고 샐리도 보고 싶어요. 샐리네 오빠도 보고 싶고요. 지미가 저한테 카누 타는 법을 가르쳐주겠대요. 게다가 저비 도련님이 록 윌로우에 도착했을 때 제가 거기 없다는 걸 보여주고 싶어요.(이게 제일 큰 이유예요. 좀 야비하네요.)

그분이 저한테 이래라저래라할 수 없다는 걸 반드시 보여주겠어요. 제게 명령할 수 있는 사람은 오직 한 명, 바로 아저씨뿐이에요. 아저씨라도 늘 명령할 수 있는 건 아니고요! 이제 애디론댁산맥으로 떠나야겠어요.

주디 올림

맥브라이드네 별장

9월 6일

아저씨께

아저씨의 편지가 너무 늦게 도착했답니다.(이 사실을 알려드

리려니 기쁘네요.) 제게 지시할 일이 있었으면 비서분께 적어도 2주 전에는 내용을 일러두셨어야죠. 보시다시피 저는 샐리네 별장에 와 있어요. 벌써 닷새째랍니다.

숲이 참 근사해요. 캠프장도 근사하고요, 날씨도 근사하고요, 맥브라이드 가족도 근사해요. 온 세상이 다 근사해요. 너무너무 행복해요!

지미가 카누를 타러 나가자고 부르네요.

안녕히 계세요. 아저씨 말씀을 어겨서 죄송해요. 그런데요, 제가 잠시 놀겠다는데 왜 그렇게 고집스럽게 반대하시나요? 여름 내내 일만 했는데 2주 정도는 놀아도 괜찮잖아요. 아저씨는 아주 지독한 심술쟁이예요.

그래도 저는 여전히 아저씨를 사랑한답니다. 아저씨의 흠은 뭐든지 다 눈감아줄 수 있어요.

주디 올림

학교로 돌아와서 드디어 졸업반이 되었어요. 게다가 교지 《먼슬리》의 편집장도 되었답니다. 이렇게나 교양 있는 여성이 불과 4년 전에는 존 그리어 고아원에 사는 고아였다는 사실이 믿어지시나요? 미국에서는 무슨 일이든 눈 깜짝할 새에 이루어지네요!

아저씨는 이 이야기를 어떻게 생각하세요? 저비 도련님이 록 윌로우로 보낸 편지가 여기로 왔거든요. 아쉽지만 이번 가을까지 록 윌로우로 갈 수 없게 됐다고 적혀 있었어요. 요트를 타자는 친구들의 초대에 응했다면서요. 제가 여름을 즐겁게 보내고 록 윌로우에서 시골 생활을 만끽하길 바란다고 하셨답니다.

아니, 줄리아한테서 소식을 듣고 제가 맥브라이드 가족과 함께 지낸다는 사실을 내내 뻔히 알고 계셨으면서! 남자들은 어쩜 그렇게 거짓말을 못 하나요. 여자를 속이는 재주가 영 별로예요.

줄리아가 입이 떡 벌어질 정도로 황홀한 새 옷을 트렁크에 잔뜩 싸 왔더라고요. 그중에서도 무지갯빛 리버티 크레이프로 만든 이브닝드레스는 천상의 천사에게 어울릴 법했어요. 원래는 제가 올해 장만한 옷도 전례 없이(이런 말이 있기는 한가요?) 아름답다고 생각했거든요. 재단사의 도움을 받아서 저렴한 가격에 패터슨 부인의 옷을 본떠 만들었죠. 그래서 패터슨 부인의 옷과 완전히 똑같지는 않아도 굉장히 흡족했었단 말이에요. 줄리아가 옷 가방을 풀기 전까지는요. 아, 죽기 전엔 반드시 파리에 가봐야겠어요!

사랑하는 아저씨, 아저씨는 여자가 아니라서 다행이라고 생각하지는 않으세요? 우리가 옷을 두고 이 난리를 부리는 게 눈 뜨고는 못 볼 정도로 한심하다고 생각하시겠죠? 맞아요. 정말로 한심하죠. 하지만 이건 전부 남자들 탓이에요.

아저씨는 불필요한 치장을 경멸해서 여성에게 합리적이고 실용적인 옷을 권장했다는 어느 학식 높은 교수님 이야기를 한 번도 못 들어보셨나요? 그분의 부인이 순종적이어서 남편

이 주장하는 '의복 개혁'을 받아들였대요. 그런데 그 교수님이 어떻게 했을 것 같으세요? 성가대원 계집애랑 눈이 맞아서 달아나버렸대요!

언제나 아저씨의
주디 올림

추신. 우리 층 복도를 담당하는 청소부 아주머니가 파란색 체크무늬 앞치마를 두르고 계시더라고요. 아주머니께 갈색 앞치마를 사 드리고 파란 앞치마는 받아와서 호수 밑바닥에 처넣을 작정이에요. 그 체크무늬 앞치마를 볼 때마다 고아원이 생각나서 온몸에 소름이 쫙 돋거든요.

11월 17일
키다리 아저씨께

저의 작가 경력에 시커먼 먹구름이 드리워졌어요. 아저씨께 말씀드릴지 말지 고민스럽지만, 조금이나마 위로를 받고 싶어요. 무언의 위로면 충분하답니다. 그러니 괜히 편지로 이 일을 콕 집어 언급해서 겨우겨우 아문 상처를 들쑤시지 말아 주세요.

제가 지난겨울에 저녁마다, 그리고 올여름에도 그 돌머리 애들 둘한테 라틴어를 가르칠 때만 빼놓고 내내 소설을 쓰고 또 썼거든요. 새 학기가 시작하기 직전에 글을 완성해서 출판사 한 곳에 보내놓았어요. 거기서 두 달이나 아무 연락이 없길래 제 원고를 출판해줄 거라고 확신했었죠. 그런데 어제 아침에 속달 소포(요금 30센트)로 원고가 되돌아왔어요. 편집자가 편지도 함께 보냈더라고요. 몹시 친절하고 자상하지만 솔직한 편지였어요! 편집자는 주소를 보고 제가 아직 대학생이라는 걸 알았다면서, 충고를 받아들일 생각이 있다면 지금은 공부에 온 힘을 쏟고 졸업한 후에 글을 쓰는 게 좋겠다고 했어요. 원고 검토자의 서평도 동봉했는데, 이렇게 적혀 있었어요.

"플롯에 개연성이 전혀 없음. 인물 묘사가 과장되어 있음. 대화는 부자연스러움. 유머가 풍부하지만, 간혹 저급스러움. 계속 정진한다면 언젠가는 책다운 책을 쓸 수 있을 것이라고 전달 바람."

듣기 좋은 말은 아니죠, 아저씨? 저는 미국 문학계에 한 획을 그을 만한 작품을 쓰고 있다고 생각했거든요. 진심으로 그렇게 생각했어요. 졸업하기 전에 훌륭한 소설을 써서 아저씨를 깜짝 놀라게 해드릴 계획이었죠. 글감은 지난 크리스마스 방학 때 줄리아네 집에서 지내며 모았고요. 그런데 편집자의 지적이 맞는 것 같네요. 대도시의 양식과 관습을 낱낱이 관찰하는 데 2주는 턱없이 부족해요.

어제 오후 산책하러 가는 길에 그 원고를 챙겨 갔어요. 보일러실에 발길이 닿았을 때 안으로 들어가서 작업자에게 난방로의 불을 좀 빌려 써도 되는지 물어봤죠. 그분이 친절하게 화로 문을 열어주길래 원고를 제 손으로 직접 화로 안에 던졌답니다. 자식을 화장하는 심정이었어요!

어젯밤에 잠자리에 들 때는 기운이 하나도 없었어요. 저는 결국 아무짝에도 쓸모없는 사람이 될 테고, 아저씨께서는 완전히 헛돈을 쓰신 거라고 생각했거든요. 그런데 무슨 일이 일어난 줄 아세요? 오늘 아침에 잠에서 깼는데 머릿속에 새롭고 훌륭한 줄거리가 떠오르는 거예요. 온종일 새 등장인물을 구상했답니다. 오늘 하루가 얼마나 행복했는지 몰라요.

그 누가 저를 비관주의자라고 비난할 수 있을까요! 만약 제 남편과 자식 열두 명이 하루아침에 지진으로 파묻혀 사라

진다고 해도, 저는 다음 날 아침에 기운차게 일어나서 미소
지으며 새로운 가정을 꾸릴 거랍니다.

애정을 담아,
주디 올림

12월 14일
키다리 아저씨께

어젯밤에 진짜로 별난 꿈을 다 꿨어요. 꿈에서 서점으로
들어갔는데, 점원이 신간이 나왔다면서 책 한 권을 가져다주
더라고요. 그런데 제목이 《주디 애벗의 생애와 편지》인 거예
요. 책 표지에 적힌 제목이 선명하게 보이던걸요. 붉은 천으
로 제본한 표지에는 존 그리어 고아원의 사진이 있었어요.
속표지에는 제 사진이 실려 있고, 그 아래 '진실한 당신의 벗,
주디 애벗'이라고 적혀 있었죠. 가장 마지막 장을 펼쳐서 제
묘비에 적힌 글을 읽으려던 찰나, 잠에서 깨버렸답니다. 짜증
이 확 치밀어 오르더라고요! 제가 누구랑 결혼하는지, 또 언

제 죽는지 다 알 수 있었는데 말이에요.

자기 인생 이야기를, 그것도 전지적 작가가 한 치의 거짓도 없이 진실하게 써놓은 이야기를 읽을 수 있다면 참 흥미진진하지 않을까요? 그런데 이렇게 인생사를 미리 읽는 데 조건이 하나 붙는다면요? 한 번 읽고 나면 절대로 내용을 잊어버릴 수 없다는 거죠. 그래서 자기가 하는 모든 일이 정확히 어떤 결과를 불러오는지, 자기가 정확히 언제 죽는지 미리 알고서 평생 살아가야 해요. 그렇다면 용감하게 자기 인생사를 읽어볼 사람은 과연 몇 명일까요? 반대로, 삶에서 마주칠 희망이나 깜짝 놀랄 일을 희생하고 싶지 않아서 미리 읽어보고 싶은 호기심을 억누를 수 있는 사람은 몇 명이나 될까요?

인생은 아무리 잘 살아봤자 단조로워요. 결국 먹고 자는 일의 반복이니까요. 그런데 매 끼니 사이사이에 뻔하디뻔한 일만 일어난다면 사는 게 죽을 만큼 단조롭지 않겠어요? 맙소사! 아저씨, 잉크가 번져버렸어요. 하지만 벌써 세 장째 쓰고 있으니 편지지를 갈지 않을래요.

올해도 생물학을 듣고 있어요. 몹시 흥미로운 과목이죠. 지금은 소화계를 공부하고 있답니다. 현미경으로 들여다보는 고양이의 십이지장 횡단면이 얼마나 귀여운지 아저씨도 꼭 보서야 하는데 말이에요.

또 철학도 수강하고 있답니다. 흥미롭기는 한데 참 덧없는 분야더라고요. 저는 생물학이 더 좋아요. 배우는 대상을 판에 고정해놓고 토론할 수 있잖아요. 잉크가 또 번졌어요! 또 번졌네! 이 펜이 눈물을 펑펑 흘리네요. 눈물을 많이 흘리더라도 너그러이 이해해주세요.

아저씨는 자유 의지가 존재한다고 생각하세요? 저는 그래요. 추호의 의심도 없답니다. 모든 행위는 동떨어진 여러 원인이 모여서 만들어진 절대적으로 불가피하고 필연적인 결과라는 철학자들의 주장에는 절대 동의할 수 없어요. 그렇게 부도덕한 학설은 처음 들어봐요. 무슨 일이 일어나든, 아무에게도 책임이 없다는 말이잖아요. 운명론을 믿는 사람은 그냥 가만히 앉아서 '신의 뜻대로 될지어다.'라고 읊조리기만 하다가 쓰러져 죽을 거예요.

저는 제게 자유 의지도, 그 의지를 실행할 힘도 있다고 믿어요. 이게 바로 산도 움직일 신념이죠. 아저씨도 제가 위대한 작가로 성장하는 걸 보시게 될 거예요! 새로 시작한 책은 벌써 4장까지 완성했답니다. 또 9장까지 초고를 써뒀고요.

이번 편지는 아주 난해하네요. 머리가 지끈지끈 아프기 시작하시나요, 아저씨? 편지는 이쯤에서 마무리하고 퍼지 사탕이나 만들러 가야겠어요. 아저씨께 한 조각 보내드릴 수 없어서 아쉬워요. 맛이 기가 막힐 텐데 말이에요. 이번에는 진짜 크림도 넣고 버터도 세 덩이나 넣을 예정이거든요.

애정을 담아,
주디 올림

추신. 체육 시간에 멋진 춤을 배우고 있답니다. 우리가 얼마나 진짜 발레 무용수 같은지 그림에서 한번 확인해보세요. 맨 끝에서 우아하게 피루엣 동작을 선보이는 애가 바로 저랍니다. 진짜 저예요.

12월 26일
사랑하고 사랑하는 아저씨께

아저씨, 도대체 어쩜 이러세요? 여자애한테 크리스마스 선물을 열일곱 개나 보내면 안 된다는 사실을 모르시나요? 부탁인데, 제가 사회주의자라는 걸 잊으시면 안 돼요. 저를 갑

부로 만들 작정이신가요?

만약 제가 아저씨와 다투기라도 하면 얼마나 당황스러울지 한번 생각해보시라구요! 선물을 되돌려보낸다고 짐마차라도 불러야 할 지경이잖아요.

너무 울퉁불퉁한 넥타이를 보내드려서 죄송해요. 제가 손수 짠 거라 그래요.(넥타이 상태를 보고 한눈에 알아차리셨겠죠.) 추운 날에는 그 넥타이를 꼭 두르시고, 코트 단추도 단단히 잠그셔야 해요.

고마워요, 아저씨. 감사하다는 말을 천 번쯤 하고 싶어요. 아저씨처럼 다정하고 또 어리석은 분은 세상에 아무도 없을 거예요!

주디 올림

맥브라이드네 캠프장에서 발견한 네잎클로버를 함께 보내드려요. 새해에 행운을 가져다줄 거랍니다.

....

　아저씨, 혹시 영원한 구원을 보장받을 수 있는 일을 하고 싶지 않으신가요? 여기에 지독하리만치 가난한 가족이 살고 있어요. 어머니와 아버지, 네 아이가 함께 살고, 다 큰 두 아들은 돈을 벌어오겠다며 집을 나가놓고는 한 푼도 보내지 않아요. 아버지는 유리 공장에서 일하다가 폐결핵에 걸려서(공장의 작업환경이 건강에 끔찍하게 해로우니까요.) 병원에 입원했어요. 그래서 저축해둔 돈은 모조리 병원비로 나갔고, 스물넷 먹은 맏딸이 가장이 되어서 온 식구를 부양하고 있죠. 맏딸은 재봉 일을 하면서 하루에 1달러 50센트를 벌어요.(그것도 일감을 얻는 날만요.) 게다가 밤마다 부업으로 식탁보에 자수를 놓는답니다. 어머니는 허약한 데다 지극히 무능한 것으로도 모자라서 종교에만 매달려요. 맏딸은 책임감과 걱정에 짓눌려서 고되게 일하느라 죽을 지경인데, 어머니라는 사람은 두 손을 포개고 가만히 앉아 있기만 해요. 세상만사를 다 체념한 듯한 모습이에요. 맏딸이 겨울을 어떻게 나야 할지 모르겠다고 걱정해요. 제가 봐도 뾰족한 수가 없더라고요. 100달러쯤 있다면 석탄도 사고, 학교에 다녀야 하는 어린 동생들에게 신발도 사줄 수 있을 거예요. 그러고도 돈이 조금 남아서 며칠 정도는 일을 쉬더라도 굶어 죽을 걱정 없이 한 숨 돌릴 수 있을 테고요.

아저씨는 제가 아는 사람 중에 제일 부자세요. 이 가족에게 100달러만 내어주실 수 없을까요? 이 맏딸은 예전의 저보다도 도움이 훨씬 더 많이 필요해요. 맏딸만 아니었다면 이렇게 부탁드리지 않았을 거예요. 그 집 어머니한테는 무슨 일이 생기든 전혀 신경 쓰지 않아요. 의지라고는 없는 사람이니까요.

아닌 줄 뻔히 알면서도 하늘을 향해 '다 잘될 거야.'라고 중얼거리는 사람들만 보면 화가 치밀어서 참을 수가 없어요. 겸손이든 체념이든, 아니면 또 뭐라고 부르든 간에, 그건 그저 무력한 타성일 뿐이에요. 저는 더 투쟁적인 종교를 지지해요!

철학 강의는 가장 끔찍한 부분으로 접어들었답니다. 내일 하루 만에 쇼펜하우어 사상을 전부 배운대요. 교수님은 우리가 다른 수업도 듣는다는 사실을 전혀 모르시나 봐요. 늙다리 괴짜 같은 분이세요. 평소에 늘 공상에 잠겨서 이리저리 돌아다니다가, 이따금 발밑의 현실을 맞닥뜨리면 멍하니 눈만 껌벅거리시죠. 어쩌다가 한 번씩 재치 있는 말로 수업 분위기를 좀 가볍게 만들어보려고 애쓰시거든요. 그럴 때마다 우리는 미소를 지으려고 갖은 노력을 다한단 말이에요. 그래도 그분 농담은 진짜 하나도 안 웃겨요. 강의가 없을 때면 물질이 정말로 존재하는지, 아니면 단지 물질이 존재한다고 생각할 뿐인지 알아내는 데 온 시간을 다 쏟으신대요.

아까 말씀드린 바느질하는 맏딸은 물질이 실존한다는 사실을 눈곱만큼도 의심하지 않을걸요!

참, 제가 새로 쓴 소설을 어디로 보냈게요? 쓰레기통으로 보냈어요. 형편없는 글인 게 제 눈에도 훤히 보이더라고요. 작품에 애정이 넘치는 저도 그걸 알 정돈데, 비판적인 대중의 판단은 어떻겠어요?

얼마 후
·············

아저씨, 저는 지금 병상에 누워서 편지를 쓰고 있어요. 편도선이 부어서 이틀째 누워 있답니다. 따뜻한 우유만 겨우 삼킬 수 있을 정도예요. "도대체 주디 양의 부모님은 주디 양이 어릴 때 편도선을 제거해줄 생각은 안 하고 뭐 했답니까?"
의사 선생님이 궁금해하시더라고요. 글쎄, 저야 잘 모르죠.
저를 생각하시기는 했는지 궁금하네요.

아저씨의 J. A. 올림

다음 날 아침

편지를 봉하기 전에 다시 내용을 읽어봤어요. 제가 도대체
왜 그렇게 인생을 우울하게 봤는지 모르겠네요. 내용을 바로
잡느라 서둘러 펜을 잡았어요. 저는 젊고, 행복하고, 활기 넘
친답니다. 아저씨도 그러시리라고 믿어요. 젊음은 신체의 나
이가 아니라 정신의 생기에 달려 있잖아요. 그러니까 아저씨,
아무리 머리가 희끗희끗하게 세었다고 해도 아저씨는 여전
히 소년이실 수 있답니다.

애정을 담아,
주디 올림

친애하는 자선가 선생님께

아저씨께서 그 가난한 가족을 위해 보내주신 수표가 어제 도착했어요. 정말로 고맙습니다! 어제 점심을 먹자마자 체육 수업도 빼먹고 곧장 그 집으로 갔어요. 아저씨도 그 집 맏딸의 표정을 보셔야 했는데! 깜짝 놀라면서도 어찌나 안심하며 행복해하던지, 훨씬 더 젊어 보이더라니까요. 이제 겨우 스물넷인데 말이에요. 참 안쓰럽지 않나요?

어쨌든 그 아가씨는 좋은 일이 한꺼번에 오는 기분이랬어요. 두 달 치 일감도 얻었다면서요. 결혼을 앞둔 손님이 혼숫감을 전부 만들어달라고 맡겼대요.

그 집 어머니는 그 작은 종잇조각이 100달러짜리 수표라는 말을 듣자 외치더군요.

"자비로우신 하나님 감사합니다!"

"자비로우신 하나님이 한 일이 아니에요." 제가 제대로 알려드렸죠. "키다리 아저씨가 주신 거라고요." (물론 스미스 씨라고 말했어요.)

"하지만 그분이 그런 마음을 품게 하신 건 자비로우신 하나님이시죠."

"아니라니까요! 그분이 그런 마음을 품게 한 사람은 바로 저예요."

어쨌거나 아저씨, 자비로우신 하나님이 틀림없이 아저씨께 마땅한 보상을 내려주실 거예요. 만 년쯤은 지옥에 안 가셔도 될걸요.

진심으로 감사하는 마음을 담아,
주디 애벗 올림

2월 15일
황송하게도 위대하신 폐하께 아뢰옵니다

오늘 아침, 소인은 차가운 칠면조 파이와 거위 요리로 조반을 들고, 한 번도 마셔보지 못한 차(중국 차)를 한 잔 가져다 달라고 청했사옵니다.

불안해하지 마세요, 아저씨. 저 제정신이에요. 그냥 새뮤얼 피프스의 글을 인용한 것뿐이랍니다. 영국 역사와 관련해서 피프스의 글을 원문으로 읽고 있거든요. 그래서 요즘 샐리랑 줄리아랑 1660년대 언어로 대화하고 있어요. 아저씨도 한 번 보세요.

"채링 크로스로 가서 해리슨 소령이 교수형을 당하고도 모자라 시신이 교수대에 내려져서 거열형까지 당하는 것을 보았다네. 그는 그런 처지에서도 여느 사람과 다를 바 없이 기운차더군." 이런 것도 있어요. "전날 발진열로 오라비를 잃고 기품 있는 상복을 입은 귀부인과 함께 만찬을 들었다네."

가족을 잃었는데 만찬을 열어 손님을 환대하기에는 조금 이르지 않나요? 피프스의 친구 하나는 대단히 교활한 꾀를 하나 고안해냈어요. 국왕이 가난한 백성에게 오래 묵어 상한 식량을 팔아서 빚 갚을 돈을 마련한다는 거예요. 개혁가인 아저씨는 이 방안을 어떻게 생각하세요? 제가 보기에는 요즘 사람들이 신문에서 떠들어대는 것만큼 나쁘지는 않은 것 같아요.

새뮤얼 피프스는 여자들만큼이나 옷에 관심이 많았어요. 옷값을 아내보다 다섯 배나 더 많이 썼대요. 그런 걸 보면 당시는 남편들의 황금기였나 봐요. 일기에 이런 내용이 나오는데, 참 애처롭지 않나요? 그가 얼마나 솔직했는지 알 수 있어요.

황금 단추를 달아서 멋들어지게 만든
캠릿 망토가 오늘 집에 도착했다.
가격이 너무 비싸다.
옷값을 치를 수 있기를 신에게 기도드린다.

편지에 온통 피프스 얘기만 늘어놓아서 죄송해요. 피프스
에 관해서 특별 논문을 쓰고 있거든요.

아저씨는 이걸 어떻게 생각하세요? 학교 자치회에서 10시
소등 규정을 폐지했어요. 이제는 원한다면 밤새도록 불을 켜
놓고 있어도 된답니다. 다른 사람을 방해하지만 않는다면 괜
찮아요. 그래서 여럿이 모여서 시끌벅적하게 놀 수는 없어요.
이 규정을 없애고 나니까 인간 본성이 놀랍도록 잘 드러나더
라고요. 이제 원한다면 얼마든지 늦게까지 깨어 있을 수 있
으니까, 오히려 다들 일찍 잠드는 거 있죠. 9시만 되도 꾸벅
꾸벅 졸기 시작하고, 9시 반이면 손에 힘이 다 풀려서 펜이
떨어져요. 지금이 9시 반이에요. 안녕히 주무세요.

일요일
·········

　방금 막 예배당에서 돌아왔어요. 조지아에서 오신 목사님
이 설교하셨거든요. 지성을 함양한답시고 감정을 희생해서
는 안 된다고 하셨죠. 허나 내가 보기에는 형편없고 무미건
조한 설교였다네.(또 피프스처럼 말했네요.) 목사님들은 미국
어느 지역 출신이든, 아니면 캐나다 출신이든, 또 교파가 어
디든 한 분도 빠짐없이 천편일률적으로 설교하세요. 아니, 남
자대학에 가서 남학생들에게 머리를 너무 많이 쓰느라 남자
다운 본성을 망가뜨리지 말라고 설교하실 것이지 도대체 왜
여자 대학에 오신대요?

　오늘은 참 아름다운 날이에요. 추워서 온 세상이 얼어붙었
지만 쾌청하답니다. 식사를 마치는 대로 샐리랑 줄리아랑 마
티 킨이랑 엘리노어 프랫이랑

(얘들도 제 친구예요. 아저씨는
모르시겠지만요.) 짧은 치마를
입고 들판을 가로질러서 크리
스털 스프링 농장에 갈 거예
요. 거기서 저녁으로 닭튀김

이랑 와플을 먹고 크리스털 스프링 씨에게 짐마차로 학교까지 데려다 달라고 할 거랍니다. 원래는 7시까지 학교로 돌아와야 하지만 오늘 밤은 특별히 허락을 맡아서 8시까지 들어오려고 해요.

작별 인사를 아뢰옵니다, 자애로우신 선생님.

선생님의 가장 충성스럽고, 충실하고, 믿음직하고, 순종적인 종이 되어 크나큰 영광이옵니다.

J. 애벗 올림

3월 5일
후원 재단 이사님께

내일은 이달의 첫 번째 수요일이에요. 존 그리어 고아원에서는 무척 고달픈 날이죠. 오후 5시가 되어 이사님들이 머리를 쓰다듬어주고 떠날 때 다들 얼마나 마음이 놓일까요! 혹시 아저씨는 (개인적으로) 제 머리를 쓰다듬어주신 적이 있나요? 아무래도 그러신 적이 없는 것 같아요. 제 기억에는 뚱뚱한 이사님들밖에 없었던 것 같거든요.

부디 존 그리어 고아원에 제 사랑을 전해주세요, 아저씨. 저의 진심 어린 사랑을요. 벌써 4년이 흘러서 흐릿한 기억으로 옛날을 되돌아보니, 마음 한구석에서 고아원을 향한 애정이 피어나요. 대학에 갓 입학했을 때는 다른 여자애들이 다 누렸던 평범한 어린 시절을 저 혼자만 빼앗긴 것 같아 무척 분했어요. 하지만 이제는요, 전혀 그렇게 생각하지 않아요. 오히려 아무나 할 수 없는 특별한 모험을 했다고 생각해요. 고아원에서 살았던 덕분에 한 걸음 비켜서서 인생을 바라볼 수 있게 됐잖아요. 이제 다 자라고 나니까 세상을 바라보는 저만의 안목이 생겼어요. 아무런 부족함 없이 자란 다른 사람들은 이런 안목을 절대로 얻을 수 없을 거예요.

제 주위에는 자기가 행복한 줄 꿈에도 모르는 여자애들이 많아요.(이를테면 줄리아가 그래요.) 행복에 푹 젖어 있어서 행복을 느끼는 감각이 송두리째 죽어버린 거죠. 하지만 저는 다르답니다. 저는 제 인생의 매 순간이 행복하다고 확신하거든요. 앞으로도 그럴 거예요. 아무리 괴로운 일이 닥치더라도요. 괴로운 일마저(심지어 치통이라고 해도) 흥미로운 경험으로 여기고 그 느낌을 알아서 다행이라고 생각할 거랍니다. "어

느 하늘 아래에 있든, 어떤 운명이라도 용감하게 받아들이
리."

그런데 아저씨, 존 그리어 고아원에 애정을 느낀다는 제
말을 너무 있는 그대로 받아들이지는 마세요. 제게 자식이
다섯 명 있더라도, 루소(Jean Jacques Rousseau, 근대 교육에
한 획을 그은 프랑스 철학자로, 사사로운 가족을 만드는 것보다 낫다
며 갓 태어난 자식 다섯 명을 고아원으로 보내버렸다고 함—옮긴이)
처럼 아이를 천진하게 키우겠다며 고아원 문가에 두고 올 일
은 절대로 없을 테니까요.

리펫 원장님께 애정 어린 안부 인사를 전해주세요.(이건 진
심이에요. 사랑을 전해달라는 말은 지나친 것 같고요.) 그리고 제가
얼마나 아름다운 성품을 길렀는지도 꼭 전해주시고요.

애정을 담아,
주디 올림

아저씨, 편지 봉투에 찍힌 소인을 확인해보셨나요? 저랑 샐리랑 부활절 방학 동안 록 윌로우에 와서 집안 분위기를 환하게 빛내고 있답니다. 어떻게 해야 방학을 가장 잘 보낼 수 있을까 고민했는데, 조용한 곳에 가서 쉬는 게 최선이겠 더라고요. 신경이 예민해진 탓에 이제 퍼거슨 홀 식당에서는 한 끼도 더 못 먹을 지경이거든요. 가뜩이나 피곤한데 여학 생이 사백 명이나 있는 공간에서 식사하기란 고문이나 다름 없어요. 애들이 떠들어대는 소리가 얼마나 시끄러운지, 입에 다 손나팔을 대고 고래고래 소리치지 않으면 맞은편에 앉은 친구의 말소리도 들리지 않는다고요. 진짜라니까요.

우리는 숲속을 오래도록 거닐기도 하고, 책을 읽기도 하고, 글을 쓰기도 하면서 즐겁고 평화로운 시간을 보내고 있답니다. 오늘 아침에는 스카이힐 꼭대기에도 올랐어요. 왜, 예전에 저비 도련님과 함께 올라가서 저녁을 해 먹었던 곳 있잖아요. 그게 벌써 2년 전이라니 믿기지 않아요. 모닥불을 피웠던 바위에는 연기에 그을려서 시커멓게 변한 흔적이 아직도 남아 있더라고요. 어떤 장소가 누군가와 연결되어서, 그곳에 가면 어김없이 그 사람이 생각난다는 게 참 웃겨요. 고작 2분 동안이지만, 그분이 옆에 없으니까 참 쓸쓸하더라고요.

아저씨, 제가 최근에 무얼 했게요? 알고 나면 아마 제가 구제 불능이라고 생각하실 거예요. 요즘 책을 쓰고 있답니다. 3주 전에 시작해서 단숨에 쭉쭉 써 내려가고 있어요. 이제 비결을 깨우쳤거든요. 저비 도련님과 그 편집자 말이 맞았어요. 잘 아는 주제를 써야 가장 설득력 있는 글을 쓸 수 있다는 말이요. 그래서 이번에 쓰는 글의 주제는 제가 가장 잘 아는 거랍니다. 하나도 빠짐없이 속속들이 아는 거요. 작품 배경이 어디일까요? 바로 존 그리어 고아원이에요! 이번에는 글이 제법 괜찮아요, 아저씨. 정말로 괜찮은 것 같아요. 매일 벌어지던 소소한 일에 관해서 쓰고 있거든요. 저는 이제 사실주의 작가가 됐어요. 낭만주의는 포기했죠. 언젠가 모험으로 가득한 저만의 미래가 펼쳐지면 그때 다시 낭만주의로 돌아갈래요.

새로 쓰는 책은 반드시 완성할 거예요. 출간도 꼭 할 거고요! 한 번 두고 보세요. 간절히 바라면서 끝없이 노력하면 결국에는 얻을 수 있거든요. 저는 아저씨의 답장을 받으려고

무려 4년 동안 노력하고 있어요. 그리고 아직 희망을 버리지 않았답니다.

안녕히 계세요, 우리 아저씨.

(우리 아저씨라고 부르는 게 참 좋네요. 앞글자 모음도 맞출 수 있고요.)

애정을 담아,
주디 올림

추신. 농장 소식을 전해드리는 걸 깜빡 잊었네요. 그런데 우울한 소식밖에 없어요. 기분을 망치기 싫다면 추신은 그냥 건너뛰세요.

가여운 늙은 그로버가 죽었어요. 너무 늙은 탓에 여물을 씹어 삼킬 힘도 없어서 총으로 쏘아 보내야 했답니다.

지난주에 닭 아홉 마리가 족제비인지 스컹크인지 들쥐인지 모를 짐승한테 물려서 죽었어요.

젖소 한 마리가 아파서 보니릭 포 코너스에 있는 수의사를 불렀어요. 애머사이가 소에게 아마씨유와 위스키를 먹인다고 밤새도록 곁을 지켰죠. 그런데 우리는 애머사이가 그 가여운 소에게 위스키는 안 줬을 거라고 강하게 의심하고 있어요.

눈물 많은 토미(얼룩무늬 고양이)가 사라졌어요. 덫에 걸린 게 아닌가 걱정이랍니다.

세상에는 걱정거리가 너무 많네요!

이번 편지는 무척 짧을 거예요. 펜만 봐도 어깨가 욱신욱신 아프거든요. 온종일 강의 내용을 필기하고, 밤에는 쉴 새 없이 불후의 명작을 집필하느라 팔을 너무 혹사하고 있어요.

다음 주 수요일에서 3주만 더 지나면 졸업식이랍니다. 설마 이번에는 오셔서 제게 얼굴을 보여주시겠죠. 안 그러면 미워할 거예요! 줄리아는 저비 도련님을 초대했어요. 가족이니까요. 샐리는 지미를 초대했고요. 역시 가족이니까요. 그런데 저는 누구를 초대해야 하나요? 아저씨랑 리펫 원장님뿐인데, 원장님은 초대하기 싫단 말이에요. 제발 와주세요.

사랑을 담아,
손에 쥐가 나는,
아저씨의 주디 올림

드디어 졸업했어요! 졸업장을 가장 좋은 옷 두 벌과 함께 서랍장 맨 아래 칸에 보관해뒀답니다. 중요한 행사가 있을 때마다 늘 그렇듯, 졸업식 때도 소나기가 잠깐 내렸어요. 장미를 보내주셔서 고마워요. 정말 아름다웠어요. 저비 도련님과 지미도 장미를 줬거든요. 하지만 그 둘이 준 꽃은 전부 욕조에 두고, 아저씨가 보내주신 꽃다발만 안고 졸업 행진에 나섰답니다.

저는 록 윌로우에 와 있어요. 여름을 보내려고 왔는데 그냥 영원히 있을까 봐요. 하숙비도 저렴한 데다, 주변 환경도 조용해서 글을 쓰며 생활하기에 더없이 좋으니까요. 치열하게 글을 쓰는 작가가 뭘 더 바라겠어요? 요즘에는 책을 쓰는 데 미쳐 있답니다. 눈을 뜨면 잠드는 순간까지 글 생각이 머릿속을 떠나지 않아요. 심지어 잠들면 꿈에도 소설이 나와요. 저는 그저 평화롭고 조용한 작업 시간만 충분히 있으면 돼요.(중간중간에 영양가 풍부한 식사도 필요하고요.)

저비 도련님이 8월에 이곳에 와서 일주일 정도 머무를 거래요. 지미 맥브라이드도 여름이 가기 전에 한 번 들린다고 했어요. 지미는 지금 증권 회사에서 일하거든요. 시골 각지의 은행을 돌아다니면서 채권을 판대요. 코너스에 있는 농업 협동조합에 채권을 팔러 오는 길에 저를 보러오겠다고 했어요.

보시다시피 록 윌로우에도 사교 생활이 아예 없는 건 아니죠? 아저씨도 차를 타고 이곳에 오셨으면 좋겠어요. 하지만 아무 가망도 없는 일이라는 걸 이제 잘 알아요. 제 졸업식에도 오지 않으셨을 때 아저씨를 제 마음속에서 도려내어 영영 파묻어버렸답니다.

문학사 주디 애벗 올림

7월 24일
가장 사랑하는 키다리 아저씨께

일하는 건 참 재미있지 않나요? 아니면 아저씨는 평생 일이라고는 해본 적이 없으신가요? 이 세상 그 무엇보다도 하고 싶은 일을 직업으로 삼으면 특히나 즐겁답니다. 저는 올여름 매일같이 펜이 굴러가는 대로 빠르게 글을 쓰고 있어요. 요즘 제 생활에서 딱 하나 있는 불만은 하루가 너무 짧아서 제 머릿속에 떠오르는 아름답고 귀중하고 재미있기까지 한 생각을 다 쓸 수가 없다는 거예요.

벌써 초고를 한 번 다듬었고, 내일 아침 7시 반에 두 번째로 손볼 생각이에요. 아마 아저씨가 본 글 중 가장 멋진 작품이 탄생할 거예요. 정말이에요. 글 말고 다른 건 아무것도 생각나지 않아요. 아침에 눈을 뜨면 얼른 글을 쓰고 싶어서 옷을 입고 밥을 먹는 시간까지 다 아깝다니까요. 책상 앞에 앉으면 글을 쓰고 또 쓰다가 어느덧 너무 지쳐서 온몸이 축 처질 때까지 내리 글만 쓴답니다. 그러고 나서는 콜린(새로 온 양치기 개예요.)을 데리고 나가 신나게 들판을 뛰어다니고 다음 날 쓸 신선한 아이디어를 얻죠. 이번 글은 아저씨가 본 것 중 가장 아름다운 작품이 될 거예요. 어머나, 죄송해요. 이미 한 말이네요.

제가 자만한다고 생각하시는 건 아니시죠, 우리 아저씨?

자만하는 게 아니에요, 정말로요. 한창 열정이 펄펄 끓고 있어서 그런 것뿐인걸요. 물론 시간이 좀 지나면 냉정해져서 제 작품을 이리저리 뜯어보고 비판하며 콧방귀를 낄지도 모르죠. 아니요, 절대 안 그럴 거예요! 이번에는 진짜 책다운 책을 쓰고 있거든요. 완성할 때까지 조금만 기다려주세요.

잠시만 다른 이야기를 할게요. 지난 5월에 애머사이와 캐리가 결혼했다고 말씀드렸던가요? 둘은 여전히 이곳에서 일한답니다. 그런데 어쩐지 결혼이 둘 사이를 망쳐놓은 것 같아요. 캐리는 원래 애머사이가 진흙탕을 밟아도, 마룻바닥에 재를 떨어뜨려도 곧잘 웃었거든요. 그런데 지금은요, 잔소리를 어찌나 심하게 퍼부어대는지 몰라요! 게다가 이제는 머리카락을 곱슬곱슬하게 말지도 않아요. 애머사이도 원래 캐리가 부탁하면 선뜻 카펫도 털어주고 장작도 날라주고 그랬거든요. 그런데 요새는 말만 꺼내도 엄청나게 툴툴거린다니까요. 심지어 넥타이마저 우중충해졌어요. 예전에는 진홍색이나 보라색 넥타이를 맸는데, 요즘은 검은색이나 갈색만 매고 다녀요. 그래서 저는 절대로 결혼하지 않겠다고 마음먹었어요. 결혼은 사람을 다 망쳐놓는 과정인 게 분명하거든요.

농장 소식은 전해드릴 만한 게 별로 없네요. 동물은 모두 최고로 건강해요. 돼지는 유난히 통통하게 살이 올랐고, 젖소도 마음 편해 보이고, 암탉도 알을 잘 낳고 있답니다. 아저씨,

혹시 양계에 관심이 있으신가요? 그러면《암탉 한 마리가 1년에 달걀 200개를 낳는 법》이라는 훌륭한 소책자를 추천해드려요. 저도 내년 봄에 부화기를 사서 병아리를 키워볼까 싶어요. 보시다시피 저는 록 윌로우에 이대로 눌러앉았답니다. 영국 소설가 앤서니 트롤럽의 어머니처럼 소설 114권을 완성할 때까지 이곳에 머무를 작정이에요. 그때쯤이면 필생의 역작을 완성했을 테니 은퇴하고 여행 다닐 수 있겠죠.

지난 일요일에 지미 맥브라이드가 이곳에 왔어요. 저녁으로 닭튀김과 아이스크림을 먹었죠. 지미는 둘 다 아주 맛있었나 봐요. 지미를 보니까 뛸 듯이 반가웠어요. 저 바깥에 넓은 세상이 있다는 사실을 잠시나마 일깨워줬거든요. 지미는 불쌍하게도 채권을 팔러 다니느라 아주 힘든가 봐요. 코너스에 있는 농업 협동조합은 채권 이자가 6%, 어떨 때는 7%나 된다는데도 거들떠보지도 않는대요. 제 생각에 지미는 결국 우스터로 돌아가서 아버지네 공장에서 일할 것 같아요. 솔직한 데다가 사람을 너무 잘 믿고 인정까지 많아서 금융업자로는 성공하기 어려울 거예요. 그래도 번창하는 작업복 공장의 관리자 역할은 제법 괜찮은 자리잖아요, 그렇지 않나요? 지금이야 작업복이라면 코웃음을 치지만, 결국에는 아버지 공장을 물려받을 거예요.

이 정도면 하도 글을 쓰느라 손에 쥐가 난 사람이 쓴 것치고는 꽤 길게 쓴 편지라고 인정해주셨으면 좋겠어요. 아저씨, 저는 여전히 우리 아저씨를 사랑해요. 그리고 지금 무척 행복하답니다. 눈앞에는 아름다운 경치가 펼쳐져 있고, 맛있는 음식도 잔뜩 있고, 기둥이 네 개 달린 아늑한 침대도 있고, 원고지도 수북이 쌓였고 잉크도 한가득 있는데 세상에 바랄 게 뭐가 더 있겠어요?

언제나 아저씨의
주디 올림

추신. 우체부가 아저씨가 새 소식을 더 가져오셨어요. 저비 도련님이 다음 주 금요일에 와서 일주일간 머무르실 거래요. 얼마나 즐거울지 몹시 기대되네요. 다만 제 책이 가엾게도 무지하게 시달리겠죠. 저비 도련님이 여간 까다로워야 말이죠.

키다리 아저씨께

지금 아저씨는 어디에 계시나요?

아저씨가 어디에 계실지 저야 알 길이 없지만, 이렇게 날씨가 끔찍할 때는 뉴욕에 계시지 않았으면 좋겠네요. 어디 산꼭대기에 올라서(스위스처럼 먼 곳은 말고요, 더 가까운 데요.) 눈을 바라보며 저를 생각하셨으면 좋겠어요. 꼭 저를 생각해주세요. 지금 너무 외로워서 누군가 저를 생각해주기를 간절하게 바라거든요. 아, 아저씨, 아저씨와 알고 지낸다면 얼마나 좋을까요! 그러면 힘들고 괴로울 때 서로를 위로할 수 있잖아요.

더는 록 윌로우를 못 견딜 것 같아요. 다른 곳으로 떠나려고요. 샐리가 올겨울에 보스턴에서 사회 복지 사업을 시작할 거래요. 저도 같이 따라가서 함께 방을 빌려 살면 참 좋지 않을까요? 샐리가 나가서 복지 사업을 하는 동안 저는 글을 쓰고, 저녁은 함께 보내는 거죠. 대화를 나눌 사람이 셈플 씨 부부와 캐리와 애머사이밖에 없으면 저녁이 무지하게 길거든요. 하지만 제가 샐리와 방을 얻어서 산다는 계획을 아저씨

께서는 반기지 않으시리라는 걸 알아요. 아저씨 비서분이 보낼 편지도 벌써 훤히 보이는걸요.

　제루샤 애벗 양에게.

　아가씨,

　스미스 씨는 아가씨가 록 윌로우에 계속 머무르기를 바라십니다.

엘머 H. 그릭스 배상

　저는 아저씨의 비서분이 싫어요. 이름이 '엘머 H. 그릭스'인 사람은 진저리나도록 끔찍한 사람일 게 분명해요. 하지만 아저씨, 저 정말로 보스턴에 가야 해요. 여기서는 한시도 더 있을 수가 없어요. 무슨 변화라도 일어나지 않는다면 조만간 무시무시한 절망감에 사로잡혀서 곡식을 저장해둔 구덩이에 몸을 던질지도 몰라요.

　세상에! 너무 덥네요. 풀밭은 송두리째 바짝 타들어 가고, 개울물은 죄다 말랐고, 길에는 흙먼지가 풀풀 날려요. 몇 주째 비가 한 방울도 안 내렸거든요.

　이번 편지를 보면 제가 무슨 광견병에라도 걸린 줄 아시겠어요. 하지만 저는 멀쩡하답니다. 그저 제게도 가족이 있었으면 하고 바랄 뿐이에요.

안녕히 계세요, 세상에서 가장 사랑하는 아저씨.

아저씨를 만날 수 있으면 참 좋겠어요.
주디 올림

9월 19일
아저씨께

문제가 생겨서 아저씨의 조언을 듣고 싶어요. 이 세상 그 누구도 아닌 아저씨의 조언이 꼭 필요해요. 아저씨를 직접 뵐 수는 없을까요? 편지로 설명하는 것보다 만나서 직접 이야기하는 게 훨씬 더 나을 것 같아요. 게다가 혹시 비서분이 편지를 열어볼지도 모르고요.

주디 올림

추신. 저는 지금 너무도 괴롭답니다.

키다리 아저씨께

아저씨께서 손수 쓰신 편지가 오늘 아침에 도착했답니다.(편지를 쓸 때 손을 꽤 떠셨나 봐요!) 그간 편찮으셨다니 마음이 너무 아파요. 미리 알았더라면 괜히 제 문제로 귀찮게 해드리지 않았을 텐데. 네, 어쨌든 그 문제가 뭔지 말씀드릴게요. 그런데 글로 설명하기가 좀 복잡한 문제예요. 그리고 또 몹시 개인적인 일이거든요. 그러니까 이 편지는 가지고 계시지 말고 불태워주세요.

그전에 먼저 천 달러짜리 수표를 보내드려요. 제가 아저씨께 수표를 보내드리다니 참 우스운 일이 다 있어요. 그렇지 않나요? 이 돈이 어디에서 났을까요?

아저씨, 제 소설 원고가 팔렸답니다. 일곱 편으로 나누어서 연재된 후에 하나로 묶어서 책으로도 나올 거래요! 제가 너무 기뻐서 날뛸 거라고 생각하시겠죠. 하지만 아니에요. 감흥이 전혀 없네요. 물론 아저씨께 돈을 갚을 수 있어서 기뻐요. 아직도 2천 달러 넘게 남았지만요. 그건 몇 차례에 걸쳐서 보내드릴게요. 제 돈을 받기 싫다며 펄펄 뛰지 마세요, 부탁이에요. 저는 아저씨 돈을 갚을 수 있어서 진심으로 기쁘단 말이에요. 아저씨는 저에게 단지 돈이 아니라 훨씬 더 많은 것을 베풀어주셨어요. 그 은혜는 앞으로 평생 살아가면서 고마움과 사랑으로 보답할 거예요.

자, 그러면 아저씨, 이제 그 문제를 말씀드릴게요. 제가 어떻게 받아들일지는 생각하지 마시고, 부디 가장 현실적인 조언을 해주세요.

제가 언제나 아저씨에게 아주 특별한 마음을 가졌다는 건 아저씨도 잘 아실 거예요. 아저씨는 제 가족 전부를 합한 사람이니까요. 하지만 아저씨, 제가 다른 남자에게 훨씬 더 특별한 마음을 품었다고 말씀드리면 언짢으실까요? 그 사람이 누구인지는 그리 어렵지 않게 짐작하실 수 있을 거예요. 제 편지가 아주 오래전부터 저비 도련님 이야기로 가득했으니까요.

그 사람이 어떤 사람인지, 또 우리가 얼마나 잘 어울리는지 아저씨께 이해시켜드리고 싶어요. 우리는 무슨 일이건 생각이 같아요. 제가 일부러 그분 생각에 제 생각을 맞추려고 하는 게 아닐까 싶을 정도라니까요! 하지만 그분은 거의 언제나 옳아요. 아시다시피 저보다 14년이나 먼저 인생을 시작하셨으니 그래야 마땅하죠. 그런데요, 또 어떻게 보면 그분은 그냥 키만 컸지 여전히 하나하나 챙겨줘야 하는 애나 다름없어요. 비 오는 날에는 고무장화를 신어야 한다는 사실조차 모르더라니까요. 그분과 저는 웃기다고 생각하는 것도 같답니다. 이건 정말 중요한 거예요. 유머 감각이 정반대인 사람끼리 만난다면 얼마나 끔찍하겠어요. 아무리 노력해도 그 차이를 메울 수 없을 테니까요!

그리고 그 사람은… 아, 정말! 그 사람은 그냥 그 사람이에요. 그리고 저는 그런 그가 사무치게 그리워요. 온 세상이 온통 텅 빈 것만 같아 마음이 아파서 견딜 수가 없어요. 달빛이 이렇게나 아름다운데 그 사람이 제 곁에서 함께 볼 수 없으니, 이 달빛이 괜히 미워져요. 아저씨도 누군가를 사랑해본 적이 있으시겠죠? 그러면 제가 굳이 설명하지 않아도 제 마음이 어떤지 아실 거예요. 만약 사랑해본 경험이 없다면 제가 아무리 설명해도 모르실 테고요.

어쨌든, 이게 지금 제 마음이에요. 그런데 제가 그분의 청혼을 거절했어요.

이유는 말하지 않았어요. 그저 비참한 심정으로 아무 말 없이 있었죠. 아무 말도 생각나지 않았거든요. 그리고 그분은 떠나버리셨어요. 제가 지미 맥브라이드와 결혼하길 바란다는 오해를 품고서요. 절대 그런 게 아닌데 말이에요. 지미와 결혼한다는 건 생각조차 해본 적이 없어요. 지미는 어른이 되려면 한참 멀었거든요. 하지만 저비 도련님과 저는 지독한 오해의 구렁텅이에 빠져버린 나머지 서로에게 상처만 줬죠. 제가 그분을 떠나보낸 건 그분을 사랑하지 않아서가 아니에요. 그분을 너무나도 사랑하기 때문이었어요. 나중에 그분이 저와 결혼한 걸 후회할까 봐 두려웠어요. 그걸 견딜 수가 없었어요! 부모가 누군지도 모르는 저 같은 사람이 그렇게 훌륭한 가문 출신 남자와 결혼하는 건 옳지 못한 일 같았어요. 그분에게는 고아원에 관해서 한 번도 말한 적이 없거든요. 제가 누군지도 모른다고 설명하는 게 죽기보다 싫어서요. 어쩌면 제가 형편없는 집안 출신일 수도 있잖아요. 그런데 그분의 집안은 어느 집안에도 뒤지지 않을 만큼 자랑스럽고요. 물론 저도 제 자신이 자랑스럽지만요!

게다가 아저씨의 은혜에 보답해야 한다는 책임감도 들었어요. 아저씨께서 저를 작가로 키우겠다며 교육까지 시켜주셨으니, 저도 최소한 작가가 되려고 노력은 해봐야 하잖아요. 교육은 날름 받아놓고 시집가서 배운 걸 썩히면 옳지 못한 일이니까요. 그래도 이제는 아저씨께 돈을 돌려드릴 수 있으니까 조금이나마 빚을 갚은 것 같아요. 그리고 만일 결혼하더라도 작가 생활은 계속할 수 있을 거예요. 아내와 작가라는 직업 둘 중에 하나만 선택해야 하는 건 아니니까요.

이 문제로 깊이 고민하고 있어요. 물론 그분은 사회주의자예요. 관습에 얽매이는 사람도 아니고요. 어쩌면 다른 남자들과 달리 프롤레타리아 계급과 결혼하는 걸 그리 꺼리지 않을 수도 있죠. 두 사람의 마음이 완벽하게 잘 통하고 또 함께 있을 때는 늘 행복한데 떨어져 있을 때는 외롭다면, 이 세상 그 무엇도 둘을 갈라놓아서는 안 된다는 뜻일 테죠. 저도 당연히 그렇게 믿고 싶어요! 하지만 아저씨의 냉정한 의견을 듣고 싶어요. 아저씨도 명문가 출신이실 테니, 괜한 동정심이나 인정에 휘둘리지 않고 현실적인 관점으로 이 일을 바라보실 수 있겠죠. 제가 이 문제를 털어놓기까지 용기를 얼마나 내야 했는지 아마 아저씨는 잘 아실 거예요.

제가 그분을 찾아가서 문제는 지미가 아니라 준 그리어 고아원이라고 말씀드려야 할까요? 하지만 그건 너무 무서워요. 그러려면 엄청난 용기가 필요할 거예요. 차라리 남은 평생 비참해하며 살아가는 편이 나을지도 몰라요.

이게 거의 두 달 전 일이거든요. 두 달이 다 지나도록 그분에게서 소식 한마디조차 듣지 못했어요. 찢어질 듯 아픈 마음을 겨우 추슬렀다 싶었는데, 줄리아의 편지가 제 마음을 다시 마구 휘저어놓았어요. 줄리아가 (지나가는 말로 무심히) 저비스 삼촌이 캐나다에 사냥하러 갔다가 폭풍우를 만나 밤새도록 비를 맞은 바람에 폐렴에 걸려서 내내 앓고 있다고 했거든요. 그런 줄은 전혀 모르고 있었어요. 그분이 한마디 말도 없이 사라져버렸다고 마음 아파하고만 있었죠. 그분도 몹시 괴로우신가 봐요. 저는 말할 것도 없고요!

저는 어떻게 해야 할까요?

주디 올림

10월 6일
세상에서 가장 사랑하는 키다리 아저씨께

그럼요, 당연히 가야죠. 다음 주 수요일 오후 4시 반에 찾아뵐게요. 그리고 물론 혼자서도 길을 잘 찾아갈 수 있답니다. 뉴욕에 세 번이나 가본 데다, 어린애도 아닌걸요. 제가 정말로 아저씨를 뵈러 가다니 믿을 수가 없어요. 너무 오랫동안 아저씨를 머릿속에 그려보기만 해서인지, 아저씨가 피와 살이 있는 진짜 사람이 아닌 것 같거든요.

저를 만나주시겠다니, 아저씨는 참 인정 넘치시는 분이세요. 더욱이 지금 몸도 편찮으시잖아요. 감기 조심하세요, 아저씨. 요즘 가을비가 내려서 무척 습하답니다.

애정을 담아,
주디 올림

추신. 방금 아주 무시무시한 생각이 떠올랐어요. 혹시 아저씨네 댁에 집사가 있나요? 저는 집사가 무섭거든요. 만약 초인종을 눌렀는데 집사가 문을 열어주면, 저는 계단에서 까무러칠 거예요. 집사에게 도대체 뭐라고 말해야 하나요? 저는 아저씨 성함도 모르잖아요. 스미스 씨를 뵈러 왔다고 하면 될까요?

내가 이 세상에서 가장 사랑하는 저비 펜들턴 도련님이자
키다리 아저씨 스미스 씨께

어젯밤엔 잘 잤나요? 저는 한숨도 못 잤답니다. 눈도 붙이지 못했어요. 너무 놀라고 가슴 떨리고 혼란스러운 데다 행복하기까지 해서요. 앞으로 잠들 수나 있을지 모르겠어요. 밥은 제대로 먹을 수 있을까요. 하지만 당신은 푹 자기를 바라요. 그래야 하는 거 잘 알죠? 푹 쉬어야 얼른 나아서 저를 보러 올 수 있잖아요.

내 사람, 당신이 그동안 그렇게나 아팠다니 마음이 찢어질 것 같아요. 제가 그동안 아무것도 모르고 있었다는 사실도 견딜 수 없이 괴로워요. 어제 의사 선생님이 저를 택시에 태워주며 사흘 동안은 당신에게 아무 가망이 없는 줄 알았다고 말해줬어요. 아, 세상에, 정말로 그런 일이 일어났다면 제 세상을 비추는 빛이 전부 꺼져버렸을 거예요. 언젠가, 아주 먼 훗날에, 우리 중 한 명이 먼저 곁을 떠나는 날도 오겠죠. 하지만 적어도 그때는 우리가 행복하게 지낸 후일 테니, 혼자 남겨지더라도 가슴속에 품고 살아갈 추억이 있잖아요.

당신에게 힘이 되어주려고 했는데, 되려 제가 힘을 내야겠어요. 꿈을 꾸는 것보다 훨씬 더 행복하지만, 그만큼 정신이 바짝 들기도 해요. 당신에게 혹시 무슨 일이라도 생길까 하는 걱정이 제 마음 한구석에 그늘을 짙게 드리웠거든요. 이제까지 저는 아무런 근심도 고민도 없이 태평하게 살았어요. 잃을까 봐 걱정되는 소중한 게 하나도 없었으니까요. 그런데 이제는 말이죠, 남은 평생 크고 무거운 걱정거리를 안고 살게 됐어요. 당신이 곁에 없을 때마다 자동차가 당신을 덮치지는 않을까, 간판이 당신 머리 위로 떨어지지는 않을까, 끔찍하고 고약한 세균이 당신을 집어삼키지는 않을까 안절부절못할 거예요. 이제 제 마음의 평화는 영영 끝나버렸어요. 뭐, 그래도 제가 지루하기만 한 평화를 바란 적이 없어서 다행이죠.

부디 얼른, 얼른, 제발 얼른 나으세요. 제 곁에, 손만 뻗으면 닿을 곳에 당신을 두고 당신의 존재를 확인하고 싶단 말이에요. 당신과 함께 있었던 30분은 어찌나 짧던지! 제가 꿈을 꾼 거면 어떡하나 걱정스러운걸요. 제가 당신의 친척이라면(하다못해 아주 먼 사돈의 팔촌쯤만 됐어도) 날마다 가서 책도 큰소리로 읽어주고, 베개도 푹신하게 부풀려주고, 당신 이마에 진 잔주름 두 줄도 부드럽게 펴주고, 당신 입가에 다정하고 기분 좋은 미소가 떠오르게 해줄 텐데요. 그래도 다시 기운 차린 거 맞죠? 그렇죠? 어제 제가 떠나기 직전에는 정말로 기운을 차렸었잖아요. 의사 선생님이 그러셨는데 제가 아주 훌륭한 간호사래요. 당신이 10년이나 더 젊어 보인다면서요. 그런데 설마 사랑에 빠진다고 누구나 10년씩 젊어지는 건 아니겠죠. 내 사랑, 내가 겨우 열한 살이 되더라도 사랑해줄 건가요?

어제는 정말이지 제 인생에서 최고로 멋진 날이었어요. 아흔아홉 살까지 산다고 해도, 어제 있었던 가장 사소한 일까지 모조리 세세하게 기억할 거예요. 어제 동틀 녘에 록 윌로우를 떠났던 여자아이는 밤에 아주 다른 사람이 되어 돌아왔답니다. 새벽 4시 반에 셈플 부인이 저를 깨웠어요. 여전히 캄캄했지만 눈을 뜨자마자 잠이 싹 달아나더라고요. 그러면서 머릿속에 제일 먼저 떠오른 생각이 '키다리 아저씨를 만나러 간다!'였어요. 부엌에서 촛불을 켜놓고 아침을 먹고, 마차를 몰아서 기차역까지 8킬로미터를 달려갔죠. 역까지 이어지는 10월의 길이 얼마나 화려한 색으로 물들어 있었는지 몰라요. 가는 길에 해가 뜨자 햇빛을 받은 단풍나무와 층층나무는 선홍색과 주황색으로 울긋불긋 빛났고, 돌담과 옥수수밭은 새하얀 서리로 뒤덮여 반짝거렸어요. 맑고 산뜻한 공기에는 희망찬 기운이 가득했죠. 뭔가 좋은 일이 일어나리라는 예감이 들었답니다. 기차를 타고 가는 내내 철로가 노래를 부르더군요. "너는 키다리 아저씨를 만날 거야." 그래서인지 마음이 놓이던걸요. 키다리 아저씨가 제 문제를 바로 잡아 주실 거라고 믿었거든요. 게다가 다른 남자가(제가 키다리 아저씨보다 더 사랑하는 남자가) 어딘가에서 저를 보고 싶어 한다는 느낌도, 어쩐지 이 여정이 끝나기 전에 그 사람을 만날 것만 같은 기분도 들었어요. 자, 결국 어떻게 됐는지 보세요!

매디슨가에 도착했더니 웅장한 갈색 저택이 어찌나 으리으리하던지 감히 들어갈 용기가 나지 않았어요. 주변을 한 바퀴 걸으면서 마음을 다잡아야 했죠. 하지만 조금도 겁낼 필요가 없었지 뭐예요. 연로하신 집사분이 아버지처럼 자상하셔서 뵙자마자 마음이 편안해지던걸요. "애벗 양이시죠?" 이렇게 물어보셔서 "네." 하고 대답했답니다. 스미스 씨를 뵈러 왔다는 말은 할 필요도 없었던 거죠. 집사분이 저를 응접실로 안내하면서 잠시 기다려달라고 말씀하셨어요. 응접실은 엄숙하고 고상한 분위기가 흐르는 게 정말 남자의 공간 같았어요. 저는 천을 씌워놓은 커다란 의자 끄트머리에 겨우

엉덩이만 걸치고 앉아서 계속 혼잣말을 중얼거렸답니다.

'이제 키다리 아저씨를 만난다! 이제 키다리 아저씨를 만난다고!'

곧 집사분이 돌아오셔서 서재로 안내했어요. 너무너무 떨려서 정말로, 진짜로 발걸음을 제대로 떼지 못하겠더라고요. 서재 문가에 이르자 집사분이 돌아보며 조용히 속삭이셨어요. "주인님이 몹시 편찮으십니다, 아가씨. 의사가 오늘 처음으로 일어나 앉아도 좋다고 허락했을 정도랍니다. 환자를 자극하면 안 좋으니, 너무 오래 머무르지는 않으실 거죠?" 그분말투에 당신을 아끼는 마음이 배어 있더라고요. 참 다정한 분이세요!

그러고 나서 집사분이 노크하며 말씀하셨죠. "애벗 양이 오셨습니다." 제가 안으로 들어서니까 뒤에서 문을 닫아주셨어요.

조명이 환히 빛나는 복도에 있다가 서재 안으로 들어가니까 너무 어두워서 잠깐 아무것도 알아볼 수 없었어요. 잠시 후 벽난로 앞에 놓인 커다란 안락의자와 윤이 나는 티 테이블, 그 곁의 작은 의자가 차츰 눈에 들어왔죠. 그리고 한 남자가 등 뒤에는 쿠션을 받치고 무릎까지 담요를 덮은 채 안락

의자에 앉아 있는 모습이 보였답니다. 제가 말릴 새도 없이 그 사람이 몸을 비틀거리며 일어나더니 의자 등받이를 짚고 서서 아무 말 없이 저를 가만히 바라보았어요. 그런데…, 그런데…, 그 사람이 바로 당신인 거 있죠! 하지만 그 순간에도 저는 무슨 영문인지 몰랐어요. 키다리 아저씨가 저를 깜짝 놀라게 해주려고 당신을 부른 줄로만 알았거든요.

그런데 당신이 웃더니 손을 내미는 거예요. "주디 양, 제가 키다리 아저씨라는 걸 정말로 몰랐나요?"

그 순간에 지난 일들이 머릿속을 스치고 지나갔어요. 아, 나는 정말 바보였구나! 눈치가 조금이라도 있다면 알아챌 수 있는 사소한 단서들이 숱하게 많았잖아요. 저는 명탐정은 못 되겠어요. 그렇죠, 아저씨? 아니, 저비? 제가 당신을 뭐라고 부르면 좋을까요? 그냥 저비라고 부르면 버릇없어 보이거든요. 당신에게는 절대로 무례하게 굴 수 없는데!

의사 선생님이 와서 절 내보내기 전까지 그 30분은 꿈결처럼 달콤했어요. 저는 거의 넋이 나가서 하마터면 기차역에서 세인트루이스행 기차를 탈 뻔했지 뭐예요. 당신도 저만큼이나 얼떨떨해 보이던걸요. 저한테 차를 권하는 걸 깜빡 잊었잖아요. 하지만 우리 둘 다 너무나, 너무나 행복했어요. 그렇죠? 밤이 다 되어서 마차를 타고 록 윌로우로 돌아가는데, 아, 하늘에서 별이 얼마나 눈부시게 반짝이던지! 오늘 아침에 콜린을 데리고 나가서 당신과 함께 갔던 곳을 전부 돌아보았어요. 가서 당신이 무슨 이야기를 해줬는지, 당신이 어떤 모습이었는지 하나씩 떠올려봤답니다. 오늘 숲은 청동빛으로 반짝반짝 빛나고요, 공기는 서리가 끼어 시리도록 상쾌해요. 산을 오르기에 딱 좋은 날씨죠. 당신이 이곳에 와서 함께 언덕을 오르면 참 좋겠어요. 당신이 사무치게 그리워요, 내 사랑 저비. 하지만 이건 행복한 그리움이에요. 우리는 곧 함께할 테니까요. 이제 우리는 상상 속에서 꾸며낸 가족이 아니라, 서로의 진정한 가족이 되겠네요. 제가 드디어 누군가의 가족이 되다니 참 이상하지 않나요? 그래도 정말로, 정말로 달콤하네요.

앞으로는 당신이 단 한 순간도 후회하게 두지 않을 거예요.

언제나 영원히 당신의
주디 올림

추신. 이건 제가 난생처음 써보는 연애편지예요. 제가 연애편지 쓰는 법을 알고 있다니 참 우습지 않나요?

옮긴이 성소희

서울대학교에서 미학과 서어서문학을 공부했다. 글밥아카데미 수료 후 바른
번역 소속 번역가로 활동 중이다. 옮긴 책으로는 《베르토를 찾아서》 《하버드
논리학 수업》 《미래를 위한 지구 한 바퀴》 《알렉산더 맥퀸: 광기와 매혹》 등
이 있으며, 철학 잡지 《뉴 필로소퍼》 번역진에 참여하고 있다.

키다리 아저씨

1판 1쇄 인쇄 2020년 4월 21일
1판 1쇄 발행 2020년 5월 18일

지은이 진 웹스터　**그린이** 수빈　**옮긴이** 성소희

발행인 양원석　**편집장** 차선화　**책임편집** 이슬기
디자인 이은혜, 김미선　**영업마케팅** 양정길, 강효경

펴낸 곳 ㈜알에이치코리아
주소 서울시 금천구 가산디지털2로 53, 20층(가산동, 한라시그마밸리)
편집문의 02-6443-8916　**도서문의** 02-6443-8800
홈페이지 http://rhk.co.kr
등록 2004년 1월 15일 제2-3726호

ISBN 978-89-255-3073-4 (03840)

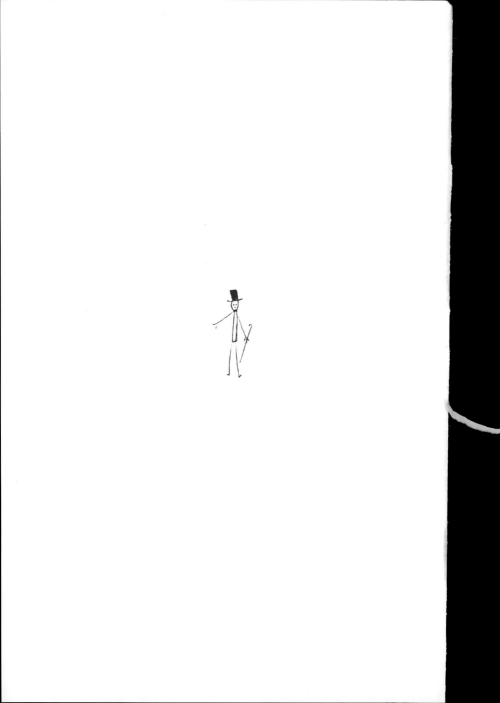